少年鼓手

The Drummer Boy

残雪 / 著

人民文学出版社

图书在版编目(CIP)数据

少年鼓手/残雪著.—北京：人民文学出版社,2021（2023.12 重印）
ISBN 978-7-02-016003-7

Ⅰ.①少… Ⅱ.①残… Ⅲ.①短篇小说—小说集—中国—当代 Ⅳ.①I247.7

中国版本图书馆 CIP 数据核字（2021）第 080228 号

责任编辑	刘　稚
装帧设计	李思安
责任校对	李义洲
责任印制	宋佳月

出版发行	人民文学出版社
社　　址	北京市朝内大街 166 号
邮政编码	100705

| 印　　刷 | 北京盛通印刷股份有限公司 |
| 经　　销 | 全国新华书店等 |

字　　数	143 千字
开　　本	850 毫米×1168 毫米　1/32
印　　张	7.75　插页 1
印　　数	17001—20000
版　　次	2021 年 6 月北京第 1 版
印　　次	2023 年 12 月第 3 次印刷

| 书　　号 | 978-7-02-016003-7 |
| 定　　价 | 48.00 元 |

如有印装质量问题，请与本社图书销售中心调换。电话:010-65233595

目 录

发展 1

古茶树 23

绿城 37

母亲河 59

女王 76

山民张武 100

少年鼓手 118

我们的阅读世界 138

西双版纳的风情 153

窑洞 171

与诗有关的 187

陨石山 196

沼泽地边的雷火与荠叔 212

最后的告别 229

发 展

　　六十八岁的梨婶寡居多年了,她就住在元亨商厦的楼上的一套单元房里。梨婶从少女时代起就住在这套房子里,房子来自继承。她的丈夫卓伯也和她住在这屋里,一直到他生病去世。梨婶天性开朗,爱好读书和郊游。她是那种凡事往好处想的老大妈。她和邻居熟人的关系都很好,但她坚持不交任何朋友,独来独往。不交朋友是她进入老年之后养成的习惯,因为她太忙了——她希望自己读很多书,还希望自己精通两门外国语言。梨婶有一个女儿,她很早就让女儿去了国外,现在女儿已经在那边成家立业,每星期打一次电话回来。梨婶是不会去国外定居的,她认为那样做的话会影响她自身的发展。可这难道不是个笑话吗?她都已经六十八岁了,再过三个月就六十九岁了,她还要让自身发展出什么东西来?可梨婶就是这么认为的,她甚至还将她的这个想法告诉了新近认识的一个熟人。这位熟人有人看到过，他将那人看作梨婶的男友。可梨婶坚持认为只是熟人，要好的熟人，不是什么男朋友。梨婶对交男朋友兴趣不大，她要发展自己。她也不管自己会发展出什么东西来——那不重要。

梨婶的个人情况有点独特。自从满了五十八岁以后（那时卓伯刚刚去世）她就感到自己的眼界渐渐开阔了起来，而且目光也越来越深邃了。青年时代那些浑浑噩噩、朦朦胧胧的事件有时会突然出现在眼前，似乎要让她揣测到真相似的，当然又并没有让她做到这一点。然而还是挑起了她的好奇心。梨婶是个喜欢实干的人，感到了自己的独特性之后，她立刻就为自己今后的晚年生活制订出了计划。她的计划分为两大块，一是读自己最喜欢的书，二是到自己最喜欢的那些地方去做短途旅行。梨婶不是很有钱的人，但她的计划不需要很多钱就可以实现。书可以去市立图书馆借，有时也可以买几本，短途旅行要不了多少钱。梨婶多年坚持运动健身，精力还相当充沛，只是睡眠稍微有点小问题。她的计划是在偶尔失眠的那个夜里想出来的。她想，万一自己活到一百岁以上，她还有三十来年，在这漫长的三十年里头她理所当然地应该发展自己。要知道三十年的成年人的生活就差不多等于很多人的一辈子啊。

梨婶最爱读的书是小说和旅行者写的游记。她活到现在，阅读的热情从未消退过。梨婶退休前是仓库看守员，那个工作很清闲，几十年的清闲使她有可能阅读了大量的书籍。她退休几年后丈夫就去世了，丈夫一去世，她的时间就更多了。也许就因为这个，梨婶的阅读水平在晚年突飞猛进，连她自己都感到惊讶了。她越深入到书中的境界中去，就越觉得自己正在变成一名不同凡响的读者。更不可思议的是，这种优势好像不完全是由阅读材料建立起来的，在很大的程度上竟是由她内心那种无名的渴望建立起来的。她在读她喜欢的小说和游记时都有提前预测的能力，这种能力给她带来巨大的愉悦，就好像是她自己在写作一样。不过她并没有写作的冲动，她更愿意在书里面神游，因为那样就可以同写书的作者对话——正像她常同卓伯对话一样。这样的对话令她心旷神怡，全身充满了感恩的激情。当她在别的书中偶然读到有的学者或研究者要将作者和作者所写的作品分开时，她就很气愤，因为这会剥夺她的最大的享受。也因为这点，梨婶读书总是读一位作者的大部分甚至全部作品。不知为什么，她就是对作者感兴趣。

梨婶的第二大最爱就是短途旅行，其实主要是郊游。她所住的城市的旁边有一座山，梨婶常去那边爬山，并且每次都是选小路上山，即使现在年纪大了也如此。选小路上山是为了观察那些植物，有时还能采到菌子。她很喜欢吃新鲜的野菌子。这座名叫劳山的不大不小的山，她攀登无数次了，还是乐此不疲。不论白天梦里，她常常惦记着它。梨婶新近交往的这个熟人就是在半山腰遇见的。当时她正在心花怒放地采那些新长出的枞树菌，忽然看见一双男人的脚,把她吓了一大跳。

"您的收获真不小!"那人高兴地说。他是一位老汉。

"您也在登山,可是我刚才怎么没看见您?"

"哈,实际上,我在等您。因为我老觉得有一个人也在沿这条路上山。"

"嗯——"梨婶点了点头,"您这种感觉很有道理。您贵姓?"

"我姓劳。"

"原来您同这座山是亲戚!"梨婶说,"我姓梨。大家叫我梨婶。"

老汉拿出一个牛皮纸袋,帮梨婶将所有的枞树菌都装好,他们就结伴继续爬山了。梨婶问劳伯是否常来爬山,劳伯回答说他就住在山里,已经有好多年了。梨婶问劳伯是否因为讨厌同人们相处才搬到山里来的,劳伯回答说不是,因为他很喜欢同人相处,而且他觉得他搬到山里之后,变得更善解人意了,还改掉了很多恶习。梨婶听了捂着嘴笑,又问他是怎样变得善解人意的,因为这座山里头游人很稀少,至少在她爬山的时候很难碰见人。劳伯不同意梨婶的话,他说山里到处都是人,有时还会有人从地底下钻出来呢。又说梨婶如果更经常地来这里的话,总有一天会发现这一点。

同劳伯分手之后,梨婶反复思量这位老头说过的话,越想越觉得有意思。她仿佛看见山里出现了一个巨大的黑洞，从那里面走出许许多多矮小的、说着陌生方言的男男女女……梨婶嘻嘻地笑起来。她并不认为自己同劳伯的相遇是奇遇，她想，这老头同她应是一类人，她希望通过他，自己能在山里有一次奇遇，比如像他说的与从地下钻出来的人见面之类。

那一天下午她回到元亨商厦时，松与城大妈同她一起进的电梯。梨婶将松与城大妈拉到身边，让她看纸袋里的香菌。"哈哈，这就像老汉脸上的胡子！"松大妈大惊小怪地说，于是两人笑成了一堆。

后来的一连好几个晚上，梨婶都在兴致勃勃地读那本《泥一脚、水一脚》的游记。她在沼泽地里旅行呢。不时地，她将那本书抱在胸口，看着窗外的鬼眨眼一般的灯光，这时就会有那种念头冒出来：如果走不出去了，是否就在沼泽地里留下来安家？她可以像劳伯那样随遇而安嘛。她读到一种会上树的鱼，她想象自己会成为这种鱼的好邻居。这时她又忽然感到，邻居松大妈也许先于她到过了沼泽地？要不她眼里怎么会有那么多的内容？她的老年发展规划会不会同松大妈连在一起？一兴奋，再联想劳伯的话，似乎有点明白了。但离真正的明白还有距离。"啊，读书真好啊。"她闭上眼叹道。她想起了松大妈那肉乎乎的身体，那身体对她并无吸引力，只是令她感到诧异：如此的活力像要爆炸！这条可以上树的鱼，当它上树之际，是奔什么东西而去？暗夜里有人放了一个礼花，啊，美得多么罕见！梨婶真想停留在这一刻,她脑海中的那个规划更为宏大了。这时她感到非常口渴,于是下楼到商厦旁边的小超市去买冰茶来喝。

售货员是目光明亮、脸色苍白的小姑娘,名字叫闻芬。

"只要两个吗?梨婶?"

"只要两个。"

"这冰茶很厉害,能灭掉心火。您瞧,商厦已经关门好久了,现在差不多是午夜了,街上还是这么多人。他们出来找什么东西?"

小姑娘说话时瞪着迷惘的大眼睛。

"我和你也在找东西,对吧?只不过我总在书里面找。你呢,就在这条街上找。闻芬,我们今夜到美丽的西双版纳去游玩吧。"

"好。再见,梨婶。"

梨婶边走边喝那冰茶,一喝下去两口她就变得神清气爽了。她在商厦外面的人行道上停留了一会儿,因为她听到有人在附近叹气。

"我是闻芬的妈妈,来接她回家。她快下班了。"那人说。

"啊,太好了,被人牵挂太好了。"

"我们也牵挂您呢,梨婶。我每天都要抬头望望楼上那盏灯。"

"我知道,我知道。闻芬的妈妈,再见!"

站在电梯里时,梨婶想要流泪,但又没有流。她在想那条上树的鱼。她还没有想清楚就进了屋,被温暖的灯光包围了。在卫生间里面,她一边洗脸一边对着面前的镜子说:"梨婶,你住的地方是块宝地啊。"

"所以我在这边没什么不放心的事嘛。"卓伯在客厅里高声说。

梨婶今天夜里读的是一本小说。她刚读了七八页就变得眼泪汪汪的了。书中有个人,她丈夫快死了,是癌症。他俩在家中静静地等待那个时刻的到来,男子忽然睁开眼,清晰地对妻子说:"常去那片树林吧,我也会去的。"然后他就闭上了眼,身体也渐渐地冷了。这位妻子在心里对自己说:"再过几天就是休息日,我当然要去那树林里与他见面。"梨婶一边擦眼泪一边想,啊,这是多么强大而深沉的共鸣啊!前几天,当她在短途旅行中又一次坐在那个小池塘边休息时,那同一只老牛蛙再次出现在石头缝里。它是卓伯和她观察过的牛蛙,它该有多么长寿!她记得卓伯当时笑着说:"我的魂魄会附到这家伙身上。"书里面的这位女士看来十分坚强,她已经在策划往后的生活了。梨婶相信"功夫不负有心人"。当然,也许每个人遇到的都不同,她遇到的是牛蛙,是香菌,甚至是劳伯;那位女士遇到的也许是一片红叶,一只山蚁,一块鸡血石。梨婶的阅读停留下来了,合上书页,书中的情节便令她变得很亢奋。有一刻,她甚至看到了自己的人生规划延伸到了印度洋的另一边。这个句子出现在她眼前那本无形的书上:"生者与死者总是在共同努力建造同一个意境。"慢慢地,她的亢奋终于平静下来了,她心里有种甜蜜的感觉。卓伯去世后梨婶就已下定了决心不再直接介入生活了。这是什么意思呢?梨婶的解释是,不再同人们深入交往,却要通过读书和旅行来拓展另一种交往。当她在盘问之下将这个想法告诉松大妈时,松大妈却嗤之以鼻,说道:"两种交往就是一种交往。"梨婶记得松大妈是在电梯里面说的这话。松大妈见多识广,是梨婶佩服的人。不过直到今天梨婶也没能悟到她话里的意思。书中的这位女士也同梨婶一样要策划今后的生活。她会怎样策划?梨婶对此充满了好奇心。可她却想将这种好奇心压在心底,过几天再来读它,那样会更加过瘾。她要事先进行一些猜谜似的实践,这是她独特的方法。

然而当她上床休息时,很久没有犯过的失眠症又发作了。奇怪的是,这一次的发作却并不痛苦,反而充满了愉悦。她在黑暗中无声地对自己说:"读书真好啊,居然还能治病。"一会儿,她看见自己跟在一名男子的后面疾走。那人还向她做手势,示意她紧跟他。梨婶不断地问自己:"他是我爱的那一位吗?他是我爱的……"远处教堂的钟声唤醒了她,刚才的激动也消失了。但她喜欢那种亲密的氛围,这种新型的失眠令她神往。因为这也是她那个规划的一部分啊——生活在激情之中是她的追求。后来她又看见自己坐在崂山的小亭子里,那只鸟儿停在她肩头,反复地对她嘀咕。她是黎明时分入睡的，入睡前看见棕熊来拜访她在山间的小屋。于是她又一次问自己："它是我爱的那一位吗？它是谁？"她在闪电般的思维中忽然认出了这头美丽的棕熊是谁。"它就是我爱的那一位啊。"无声地说出了这句话之后，她就安详地坠入了黑暗。

第二天上午醒来，梨婶感到自己精神饱满。她临时决定去洞庭湖做短途旅行。收拾了小小的行李箱，她坐上了轮船。一会儿就离开了河岸，一直开往洞庭湖。还没到湖区时，梨婶有点不安，老觉得自己有几样用品忘了带，担心到了旅馆之后会不方便——因为那是小县城的旅馆。

她在座位上一会儿站起来，一会儿又坐下。船舱里只有稀稀拉拉的十几个人。不知为什么，梨婶觉得他们每个人的面孔都特别熟悉，可她又想不起他们的名字，使劲想也想不起。这时一位满脸皱纹的老大娘朝她走过来了。她轻轻地坐在梨婶旁边的空位子上。

"梨婶，你还记得我吗？你其实是我的远房侄女。"

她将她那老树皮一样的手放在梨婶的手上，梨婶立刻脸红了。她感到一股热流直冲心窝。

"啊，姑姑，我们、我们这是往哪里去？"梨婶说话时脑子里乱了。

"去我们共居过的老屋嘛。"

"对不起，姑姑，我这该死的记忆退化得很厉害。"

"你用不着去记起它。下了船，一切都会好的。"

说话间，两人的目光一致投向了船舱外那一望无际的湖水。眼前的景象令梨婶有点头晕。她并不是晕船，她以前到过洞庭湖，可是此刻，当她置身于这浩瀚的水的世界时，不知为什么会觉得有种难以名状的空洞感。梨婶发现这位老姑姑目光清明，内心镇定，端坐在她的旁边。她觉得她不是一般的人，是那种掌握了某种生活技巧的人。

轮船一会儿就到达了目的地——湖边的一个小镇。

旅馆是两层楼的砖房，梨婶住在楼上，老姑姑住楼下。老姑姑拉住梨婶的手，依依不舍地说：

"晚上别忘了下楼来，我们一块去湖里面逛一逛。我知道有一条路，可以一直走到湖中央去——如果是外人，我不会带他们去，但你是我的侄女，我当然，哪怕冒风险也要带你去看看。"

"走到湖中央？在水里面行走吗？我可不会游泳。"梨婶说。

"不要问那么详细，你跟着我走就行了。"

"好，谢谢姑姑，我上楼去了。"

梨婶吃了带来的糕点就睡下了，她实在累坏了。她刚要入梦，就听见有人敲她的房间的门。那人长着一副马脸，目光十分和善。他穿着服务员的制服，手里提着三只鸟笼子。

"这是夜莺，您需要吗？湖里面的漫漫长夜比较寂寞。"他说。

梨婶皱着眉头，她感到这位老男子说话怪怪的。可她又不愿意扫他的兴,于是买了一只黄色的小鸟。这只鸟看上去根本不像夜莺。她将鸟笼子放在桌子上,那只鸟一动不动地立在笼子里。梨婶很快睡着了。

梨婶醒来时,发现那只鸟儿已经死了。一股不祥之兆向她袭来,她凑近笼子闻了闻,闻到一股恶臭。梨婶心里产生了自责:她睡了这么长时间,鸟儿会不会是渴死的呢?这只棕黄色的小鸟,虽不漂亮,刚才看上去还清清爽爽的,怎么会一下就死了?她觉得最大的可能是渴死的。越这样想,她心里就越痛。她打开笼子的门,将鸟儿握住时她大大地吃了一惊!这鸟儿同一堆羽毛的重量差不多,它的肉体已经消失了。唉唉,果然是渴死的啊。那老头为什么不给它喂水呢?难道他竟是来试探,看她在情感上是不是灵敏?梨婶将鸟儿放在笼子里,坐在床边看着它。她已经闻不到它身上的臭气了,也许那气味已经挥发完了。一瞬间,梨婶感到自己体内的液体也挥发完了。她正在渐渐萎缩……然而又有人敲门了。又是那老头。

"我们在湖里,可这些小生命还是这么容易脱水,您说怪不怪?"

"您不该将它卖给我,难道我是凶手?"梨婶气愤地说。

"为什么不该?每个人都有可能变成凶手。最没有反抗能力的就是这些鸟儿,它们默默地体验这种事。"

他一步跨到桌边,将笼子拿走,然后轻轻地关上了门。

梨婶注意到，当他去拿笼子时，那小鸟突然睁开了眼想要站起来。老头离开后梨婶满脑子都是那鸟儿的眼神。

梨婶记起了自己对老姑姑的承诺，连忙洗了一把脸，梳了梳头，又换了一件衣服，就下楼去了。

"我都等得不耐烦了！"老姑姑从沙发上起来说道，"外面都黑了，可你还没吃晚饭！你呀你……"

"对不起姑姑。我吃过东西了，我们这就走吧。"

外面果然一片黑乎乎的，但是仔细辨认的话，就可以看到点点灯火在浮动。老姑姑说那是一些白色的浮标，并不是灯，浮标能发出荧光。

"为什么要放这些东西到湖里？"

"不知道。可能为了给人希望吧。是一百多年前的人放的。"

梨婶心里一阵一阵地有点恐惧，她预感到有件重大的事会发生，她挽住了老姑姑枯瘦的臂膀。可是她们走了没多远，老姑姑就果断地甩开梨婶的手臂，用强劲的步伐冲到了前面。梨婶觉得这老女人好像发现了什么，可梨婶并不知道她发现了什么，因为在这黑地方什么都看不见，除了星星点点的浮标。此外梨婶也什么都听不见，她所置身的地方一点儿湖水的迹象都没有。

"跟着我走就不会错。"老姑姑回过头来说了一句。

梨婶实际上已在小跑了，她在心里赞叹：这位老姑姑多么有活力！不知跑了多久，梨婶已经出大汗了，老姑姑才停下来。梨婶听见她在前面同什么人交谈,两人的语速都很快。

"我认为今年湖里会歉收。你看呢?"老姑姑说。

"那应该是好事。它们活动的空间更大了。"男子说。

"不过这些少数派闹腾得很厉害。"老姑姑又说。

"哈哈,可称之为翻江倒海!"

梨婶站在一旁倾听,她觉得他们是在谈论鱼类,可又有点不太像。这个地方应该是湖边,既然是湖边,谈论鱼类也很自然。

"瞧,我带来了我侄女。她见多识广。你会爱上她吗?"老姑姑话锋一转。

"我不知道。人在湖中,谁能看得清?"男子的声音很忧郁。

"你这滑头,好好地表现自己吧。"

老姑姑站到梨婶身旁,重新让梨婶挽住她的手臂,凑近她说:

"其实啊,从这个角度观察洞庭湖是看得最清楚的。"

梨婶睁大眼睛用力看,便看见了一条黑色巨型鱼。它正在向他们这边游,但它并不像置身于湖中,倒像在空气中浮游。现在巨型鱼游到他们头顶上了,三个人一块儿抬起头来看。但那条鱼很快就游过去了,还发出嗡嗡的、电波一般的声音。"今年它出来得早。"老姑姑说。

"我觉得它的体型很像那些生活在江中的美人鱼。"梨婶说。

"这是永生鱼。"男子低声说。

梨婶觉得,要是听声音,这名男子好像只有四十岁。老姑姑为什么要开这种玩笑?她并没想过到这种地方来寻找爱情。

"你爱上她了吗?"老姑姑又问那名男子。

"还没有。不过有时想不清这种事,我现在就回去细想。"

男子说完这句话就走开去了。梨婶问老姑姑这个人住在哪里,老姑姑说"湖里"。老姑姑这样一说,梨婶就沉默了,她暗想,这事该多么复杂啊,难怪那个人要细想。他究竟是谁?梨婶想回忆自己在轮船上遇见老姑姑的细节,但完全回忆不起来。她所经历过的事变得雾蒙蒙的,既无声响,又无色彩。一阵风刮来,梨婶感觉到冷,她对老姑姑说:"我们回旅馆吧。"老姑姑说:"好。"但她并没有转身往回走,而是一直往前走。

"这里有条近路,这里到处都有近路。根本不用担心走错。"她说。

她俩很快就回到了旅馆。她俩在楼梯口分手时,梨婶突然抓住老姑姑的手臂大声说:

"我知道他是谁了!"

"谁?"老姑姑微笑地望着她。

"他是元亨商厦的一位会计。我并没看清他,但我回忆起了他的声音。这人是五年前退休的。怎么,他住到湖里面去了吗？"

梨婶激动得脸上泛红，她暗想，他的声音多么年轻啊，这就是洞庭湖给予他的馈赠吗？她记得五年前，他是一个有点驼背的小老头。

梨婶在客房的走廊里又看到那名马脸的卖鸟的老年男子。她推开房门时，他在她后面轻声说道："晚安，睡个好觉。"

但是梨婶睡不着，她睁着双眼在黑暗的湖里游来游去，往往一个动作就可以射出一百米以上。她真切地体验到了"无边无际"这个词的含义。她没有遇见美人鱼，也没有遇见那会计——二者都是她希望遇见的。有一刻，她看见了某条巨型鱼的影子在头顶，但它是个沉默的家伙，不像上次那条那样发出嗡嗡的声音。看来永生鱼的个性各异啊。后来沉默的鱼也消失了，只剩下无边的湖水。奇怪的是在水里并不感到孤独，为什么呢？这就是她在发展自己的个性吗？"我在湖的怀抱中游来游去。"她对自己说。

梨婶回去的那天，老姑姑提前离开了。服务员对梨婶说："老人家回湖里去了，让您别等她。"实际上，梨婶在湖里（湖边？）只待了两天。第二天上午她独自一人沿着洞庭湖的堤岸走，她只能看到单调的黄绿色的湖水。除此之外再没有别的了，连条渔船都没有。而且她在那堤上走了很久，一个人都没有碰到。可是这种独行令她多么心旷神怡啊！走着走着，她就开始相信自己正在走进另外一种生活里面去。她说:"我暂且将它称之为湖里面的生活吧。"她正努力地思考一件事,这就是,在鱼的眼里,她会是个什么形象?她觉得水里面有不止一条鱼在跟踪她,这是一件令她愉快的事。如果不是因为体力的限制,她真的愿意一直这么走下去。最后,她看到了旅馆的轮廓,与此同时,她也看到一个小孩坐在堤上发呆。她问小男孩:

"你的家在附近吗?"

"在湖里。"他简短地回答,然后继续发呆。

梨姊心里想,不能再问了,再问下去她就成局外人了。

她加快脚步朝旅馆走,到后来几乎跑起来了。上楼之际她听到有人在楼下议论她说:"她看起来真不像外乡人。"这话令她感到欣慰。

梨姊提着她的简单的行李又上了船。奇怪的事发生了,船上居然只有她单独一名乘客。确定了这件事之后,她甚至有点高兴。她知道船上还有驾驶员和至少另一名船员,可是她看不见他们。船开动之后,她看见自己全身心地置身于大湖之中了。"这个湖存在了多少年了?"她向自己提出了这个问题。她觉得它一定非常古老,那种简单朴素的古老。一批又一批的人们跑去寄居在它里头,仅仅为着它特殊的魅力……她舒舒服服地坐了一会儿,就从包里拿出那本小说来读。这是一本关于一个野湖的书。那个湖隐藏在原始森林的深处,从来没有被人知道过,只是在当地有关于它的零星的传说。那些传说都是荒诞无稽的。实际上，人们不相信湖的存在，可这些当地人又愿意谈论它。谈论得多了，它的形象就渐渐清晰了。读者梨婶就是从那些荒诞无稽的片言只语中慢慢地形成了野湖的形象——在行驶了三个多小时的轮船上。当船快要靠岸，城市出现在她眼前之际，她恍然大悟地发现了答案：原来那湖的轮廓与她所居住的这座城一模一样。那么，作者有可能是与她同城居住的人吗？她的笔名叫昭子，像个日本人。映入梨婶眼中的最后一句话是："湖面纹丝不动，一只鹰从空中飞降在它上面。"她合上了书本，因为轮船靠岸了。她听见很多人迫不及待地冲进船舱，将她推搡着，她的鞋也被踩脱了。她弯下腰去系鞋时，看见一只男人的大手拿过她的提包和行李。那人说："跟我走。"于是梨婶跟在男人身后走出了船舱，走到码头上。那人将她的行李放在路边的座椅上，头也不回地走掉了。梨婶看见他穿着帆布工作服，难道他是这条船的驾驶员？她又突然记起他的口音在哪里听到过——没错，他就是湖里的那个男人啊！啊，这个人，过着一种什么样的神奇的生活！梨婶激动起来，坐在那座椅上不想动了。她多么希望时间停留在这一刻。不知不觉地，她读出了书中那个句子后面紧接的一个句子："家乡的钟声响了。"她怎么知道后面是这个句子？回家后她要查一查。

松大妈站在大门口等她。

"你这浪人啊，终于回来了！"

她一把拿过梨婶的行李，同她一块进电梯。她在梨婶的肩头嗅了好一阵，笑嘻嘻地说："你身上有动物的气息。这可不是一般的变化。"

那天夜里，梨婶将她在船上读过的那本小说一口气就读完了。她一夜没睡，但精神却非常振奋。窗户外面，城市新的一天已经开始了。在人流与车流当中，梨婶看见了那个湖。不是书中的野湖，而是实实在在的洞庭湖。

一清早，梨婶就下楼到小超市去买牛奶和面包。

"我改上早班了，免得妈妈总是来接我。这附近好像有些人在不安地走来走去，您注意到了吗，梨婶？"闻芬边说边递给她面包。

梨婶觉得这小姑娘很像一只红蜻蜓，她的动作那么轻盈，往日苍白的脸上泛出了红光。

"注意到了，闻芬。我还听到你在同他们说话。你想要他们全都平静下来，对吗？多么爱操心的小姑娘！元亨商厦有你站在它旁边，就变得虎虎有生气了。再见，闻芬。"

姑娘的脸红成了一朵花，她喃喃地回应道："再见。"

梨婶回到房里。她大声说："多么有诗意的一个开始啊！"她想，楼下小超市的闻芬是从什么时候变成诗人的？这种暗地里的发展该有多么惊人！她想起来了，这个小姑娘的身上也有动物气息……

梨婶吃完早餐，收拾了桌子，就下楼去城里购物。

她走进那家最大的超市，转来转去的，买了一些日用品和食材。她推着购物车往收银台走时,一个小女孩跟在她后面喊:"奶奶!奶奶……"她回头一看,却没看到人。再一抬头,就看见空中有一汪湖水,湖水中有几只鸭子在游。她旁边有人在说话。

"今年湖里的收成很不错,莲藕吃都吃不完。"

但她旁边并没有任何人。人们都往另一个收银台走,她这边空空的。然而湖水的出现只是一瞬间的事,后来就再没出现了。梨婶提着一袋东西上公交车后,看见闻芬的妈妈坐在车上,她正向自己招手呢。于是梨婶连忙过去坐在她旁边了。梨婶高兴地对闻芬的妈妈说:

"您的姑娘真不错,属于一百个人里面难遇到一个的那种年轻人。"

闻芬的妈妈的脸笑成了一朵花,回答道:

"闻芬处处以您为榜样。她说将来要成为您这样的人呢。"

"啊,千万别学我。我这样的老婆婆有什么好学的?您不知道我多么自私。"

"闻芬和我每天都要遥望您的窗户。"

这时梨婶到家了,就同闻芬的妈妈告别了。下车后进了电梯,她的心还在"咚咚"地跳。她在心里对自己说:"闻芬可千万别学我啊。我自私自利,为了发展自己同谁也不愿深交,可闻芬还那么年轻。"

她将购物袋里的东西拿出来收好时,她的手忽然触到了一个硬东西。啊，是一块水晶工艺品，美极了！水晶里面是一条"永生鱼"。她坐下来仔细回想，很快记起一件事：当她一个人站在收银台那边的时候，那位元亨商厦的退休会计将这件礼物送给了她，当时她还轻声说："谢谢您，这正是我喜欢的。"可为什么这件事后来被她完全忘记了？梨婶一下子明白了——他住在湖里，与此同时又住在城市里。她将"永生鱼"放在书架上，那条鱼就游动起来了。于是湖里那一夜的情景历历在目。

她坐下来吃饭，吃完又收拾，内心感到无比的充实和欣慰。她想，如果她不去旅行，就不会知道自己同那么多的人有着这种温暖的联系。这时电话铃响了，是女儿泉打来的。

"妈妈，您旅行回来了？啊，多么令人神往的生活！将来我老了，也要像您这样生活……我现在在这边很好，非常好，您当时真是有预见，把我送到这里来，这个辽阔无边的地方……可我为什么此刻有点想哭？是幼稚，对吗？我都四十岁了，还动不动掉眼泪。我一点都不像您，我真想变成您那样，我会不会成功呢？"

"泉，你打来电话真好！今天有这么多的爱，都被我感到了。现在我要去洗澡了，我挂电话了。"

梨婶一边洗澡一边想着女儿那边会不会发生什么事。当时她不想听，因为她不愿意妨碍女儿的"发展"。会有什么事呢？不管有什么事，多半都是她在"发展"自己吧。

这样一想，梨婶就平静下来了。她快乐地干着家务：抹桌椅，拖地，准备食材……与此同时她也在心里计划着：今天夜里要将《野湖》这本书读完，看看后来到底发生什么，发生的事又会同自己的生活有什么联系。这是一本给她带来好运的小说，她打算反复地读，还打算要推荐给女儿泉。她仿佛看见泉在那个野湖里游泳，洋溢着活力。

梨婶洗完澡从卫生间出来，听到有人敲门。

居然是松与城大妈，平时大妈很少来她家的。

梨婶给她倒了茶，还拿出点心。

"别忙了，"松大妈说，"我马上要走。我只是来告诉你一声，明天你出门，会遇见那位蘑菇大伯。"

"蘑菇大伯？帮我采香菌的那一位吗？你怎么知道？"

"我在路上碰见了他，马上猜出是他。有缘的人啊。我走了。"

很快又到了晚上。梨婶一边坐在阳台上喝咖啡，一边观察她的城市——多么美妙的时光。城市不断地展示着它的神奇，一幕又一幕，令她目不暇接。她对自己说："你以为你在湖里，你以为你在山间，你以为你在一本书的故事里，可不管你到哪里，你就在这个城市里。"她不知不觉地说出了声。她听到对面阳台上的邻居在应和她："对呀，对极了。"梨婶涨红了脸，兴奋地想，明天，就在明天，有好事在等待她！前面屋顶的平台上有一个人在黑暗中跳芭蕾舞，那白色的衣裙像花朵一样张开。

喝完咖啡回到屋里,她感到精力充沛,现在是应该读那本书的时候了。

当她再次走进野湖时,野湖已经完全变了样——这是可以理解的。那湖水沸腾起来,有些从未见过的鱼类在浪花上跳跃,湖里有一个声音总是想要喊出来。梨婶凑近湖边去听,声音就消失了,她一离开一点,那声音又闷闷地挣扎着。反复几次后,她就分辨出来了:是鱼在叫,这些美丽的鱼!湖里没有风,却有浪,有一条鱼顺着旋起的浪花飞到了半空!啊,洲际旅行!梨婶看呆了,几乎流下了眼泪。"你是不是泉?你是不是泉……"她喃喃地说。"哪怕死了也值。"有人悄悄地对她说。是他,采蘑菇时遇见的劳伯。

"共读一本书,是天底下最快乐的事。"他又说。

"我没想到会在书中遇见您。"

"当然,我也没想到。"

他俩在湖边坐下了。

"您应该笑,因为您的女儿得到了幸福。"

"一定是这样。您瞧,我笑了。"

古茶树

  有一个美丽的传说,是关于猴灵山上那棵古茶树的。故事说的是古茶树属于住在山洞中的一群特殊人群,他们一代接一代地精心照顾古茶树,所以树上的茶叶都属于他们。古茶树不同于一般茶树,它又高又大,需要搭长梯才能采摘茶叶。古茶树是洞中人的树神,它的茶叶带给他们旺盛的精力和强大的生殖力,使得这一群从战乱中逃出的杂姓人群的血缘延续到了今天。古茶树还有一个特点就是不怕干旱。大旱的那一年,大部分茶树都枯死了,古茶树仍然枝叶繁茂。因此有人推测这棵树扎根于某个地下灵泉旁,那种灵泉永不枯涸。关于古茶树的传说在小城里一代一代地传下来,但谁也没有见过这棵树的真面目,更不要说山洞里的那些人们了。

  榕城的人们是有福的,虽然没有见过古茶树,但传说中的树神赐予了他们各种各样的梦。那些梦中都有一些蛛网似的小道，梦者在那些小道上绕来绕去的，虽然都找不到出口，但总有一束光照射着他们的黑暗的心田。就因为这光的缘故，没人在乎要找到出口，他们只想在蛛网中娱乐。出其不意的转折啊，走不完的回头路啊，辨不清的方向啊，串梦者心中的恐惧啊，突然遭到阻隔的绝望啊，等等等等，都是梦者醒来后的谈资。他们对于这种游戏乐此不疲，连带着也对猴灵山的古茶树充满了敬意和向往。

在早年，曾经有过寻找古茶树的活动。五六个人一队，在山间搜索。这种搜索有好多次，无一例外地毫无结果。梦里的线索也帮不了他们。搜索的事很早就结束了，没人再去尝试。现在，人们同古茶树的主要交流就是通过它的托梦了。这种事很费解；古茶树为什么要托梦给山下的榕城的人们？莫非那些蛛网之梦并不像人们谈论的那样，只是为了娱乐，而是里头隐藏了某种深意？有一个不解之谜？多年以后，终于有个别人在从梦中那吸引人的游戏里醒过来之后，内心忽然产生了不安。那是两位毕业后回到榕城工作的大学生。有一天，他俩在一块谈论起各自夜间所做的梦来。

"我顺时针转了五个圈，又逆时针转了五个圈，但却没有回到原地——那株大红色三角梅所在的路口。我凭记忆，每一圈都是走的原路。"小堤说。

"我在梦里的情况和你相似，但我记不清细节了。似乎是，到处都是芒果和木瓜，那些果实在眼前晃来晃去的。刚刚走上一条新路，以为是没走过的，仔细一看，路边又是芒果树。唉唉，我们是不是活到头了，小堤？我才二十五岁。"伍休说。

这两人是新一代的梦者，他们不像老一辈那么乐观，而是常常会有大祸临头的预感，哪怕对于树神也不是彻底信任的。他俩在咖啡馆里约定，要在今后的梦里继续观察。他们谈话时，伍休注意到了一个偷听者，这个人躲在柜台下面，是一名服务生。伍休觉得好笑，有什么好偷听的？不是大家都被古茶树托梦了吗？往深里一想，又有点吃惊：莫非他和小堤的这种梦与大家的梦不同，冲撞了榕城的某条规则？

"我在小路上走时，心里黑沉沉的。"伍休故意大声说。

小堤听了频频点头，表示自己也是如此。他也像伍休那样大声说："我们要突破魔咒！"

柜台下的服务生嘻嘻地笑，他因两位学生的谈话而受益。他比大学生们还小，可他突然一下感到自己已经成年了。

还有一位偷听者坐在柜台边，那是老板。老板正在看报纸，用报纸遮住了脸。这位咖啡馆的老板满怀感慨，记起了延续几十年的灰色的梦境，梦里的鸽子和遥远天边的巨鹰，他猛地一下省悟了：这就是死啊。他放下报纸露出脸来，可是学生们已经出门了。

"他们将见到古茶树。"老板对服务生说道。

大学生伍休决心改变前人的思路，反其道而行之。对于榕城的人们来说，伍休的计划是惊世骇俗的。据悉，伍休打算在榕城寻找古茶树。他的思路是：既然猴灵山上找不到古茶树，但古茶树又仍在不懈地向每一个榕城人托梦，那么很有可能，古茶树就在小城里，而且情况危急，前景暗淡。大学生小堤支持他的好友的计划，他俩约定分头去寻找古茶树，如果找不到，就一直找下去。对于他俩这种很另类的决心，榕城人除了佩服外，还能说什么呢？毕竟每个人都曾年轻过，但也不是每个人都能在二十五岁时将自己一生的命运都押在一件事上。何况是怎样的一件事！这种事没人能帮得上忙，而且梦里的线索也早就证明了没有作用。所以当两位年轻人在小城里奔忙之际，市民们就只能旁观和私下里议论了。不少人都开始反省自己，他们担心自己熟悉的那些角角落落里会不会突然被发现藏着一棵树，而他们自己在几十年中对此无所知。另一些人则开始推理，直到推得大脑像风车一样乱转还停不下来。更多的人就只是单纯地旁观，他们觉得梦里的游戏虽不那么令人满意，可还玩得下去。这种一意孤行、没有线索的寻找还是过于少年气盛了，他们怀疑这事会不会有好的结果。当然如果两位年轻人有进展，他们也愿助一臂之力。但他们骨子里认为那种进展的可能性很小。尤其是脱离了大山，到城里来另辟蹊径寻找树神这种做法，简直匪夷所思啊。不过他们也不会愚蠢到要去劝说年轻人的地步。

伍休去的第一个地方是敬老院。因为伍休的一位儿时玩伴告诉他说，敬老院有一位老爷爷，他右边那只眼睛里真真切切地出现过古茶树。也许换了另一个人，是不会相信这种鬼话的。但伍休不是一般的年轻人，怎么说呢，他心思很重。于是他就在休假时去找那位冬爷爷了。在去敬老院的路上，他一直在想象老人眼中的古茶树会是什么样子。

伍休走进敬老院的双人间，冬爷爷旁边的老头姓夏，也是一位孤老头。

"冬爷爷您好！我是自愿者小伍，我来看看您需要什么帮助。"

冬爷爷正在闭眼打坐，他向左右摇头，说："什么都不需要。"

伍休将一件抓痒用的玉石抓子送到他手中，让他拿着，口中说道：

"您看看，这东西特别好用。"

冬爷爷将玉石抓子放到床上，仍旧没睁眼，说：

"谢谢你，小伙子。"

伍休尴尬地坐在一旁，想等老爷爷睁眼。

他等了又等，冬爷爷丝毫没有要睁眼的样子。坐在那张床上的夏爷爷过意不去了，幽幽地对伍休说：

"他呀，一整天都不会睁眼，醒了也不会睁眼的。你不要等了。"

伍休沮丧地同冬爷爷告别了。他走到大门外时，看见夏爷爷追出来了。

"冬爷爷是不是有眼病？"伍休问夏爷爷。

"我看啊，他是有心病。他生怕泄露自己的心思。"夏爷爷说，"我刚才看出来了，你这位年轻人很不一般啊。你愿意跟我去一个地方吗？"

"什么地方？"

"一个一年四季鸟语花香的处所。离这儿不远。"

夏爷爷带伍休来到了赛马场，那旁边不远处有一个马厩。他俩走进去，看见马厩里空空的。夏爷爷说赛马都出去溜达去了。他还说他知道这个时候它们都不在，他是来闻它们的气味的。他叨念着："马厩啊马厩，要是我能住在你的隔壁该有多好！"

伍休闻到了马粪和饲料的气味，他感到起先的沮丧情绪一扫而光，他在思索。

"古茶树有没有可能在一匹马的眼睛里呢？"他问夏爷爷。

"这种事我没有研究过。应该有可能吧。不过我现在要回去了，超过吃药的时间了。"

夏爷爷离开后，伍休还想等那些马回来。可是有一名赛马场的工作人员过来了，他对伍休说他必须马上离开，因为外人不能随便进入此地。

伍休在回家的路上碰见了小堤。他兴奋地对小堤说，事情已经有了线索，不过困难还是很大。他问小堤，最近有没有去过敬老院和赛马场？小堤摇摇头否认了。

"伍休哥，看来我们的'反其道而行之'的策略是奏效的。"小堤郑重地说。

"那么小堤，你有什么收获没有？"

"没有。可是很奇怪，越是没有收获，我脑海里的古茶树的形象就越是清晰。就在刚才，在垃圾场旁边废物回收站后面，我确确实实看见了树神，大概有三秒钟，然后消失了。"

伍休叨念了一句："垃圾场？我的天！"然后他就沉默了，为什么他没想到垃圾场呢？他想流泪，可流不出。

伍休回家后，仍然在细想小堤看到的景象。当他在寻找一些间接的证据时，他的朋友却用眼睛"看到了"，并且是在他没想到过的地方。或许他该改变方法？要怎样才能用眼睛去看见从未见过的东西？他在心里叹道："小堤啊小堤，你可真是个独具慧眼的人。我同你相比差远了！我从未将垃圾场同树神放一块联想……"

第二天，伍休一下班就去了垃圾场。垃圾场在猴灵山下，城市的边缘地带。从刷着绿色油漆的铁栅栏望过去，可以看到堆积如山的垃圾。场内没有一个人，但伍休突然看见一个身影沿着栅栏快步走过去，一会儿就走远了。伍休的心怦怦地乱跳，因为那个人很像敬老院的冬爷爷，简直太像了。伍休在垃圾场内走了一圈，什么也没发现，于是出来了。他记起小堤说过的废品回收站,于是就去寻找。

废品回收站是一间土屋,外面没挂招牌。有一位年老的妇女坐在屋外的竹躺椅上打瞌睡。当伍休走近时,老婆婆就说话了。这令伍休很吃惊,因为她并没有睁眼,也没有向伍休这边看一看。她说:

"我刚刚梦到这个人,他就来了。真及时啊。"

"您好,老妈妈,您刚才看见一位老大爷了吗?"伍休有礼貌地问她。

"你是说古茶树吗?那家伙总在这附近溜达。不过现在他回去了。"

老婆婆坐起来了,她容光焕发,脸上居然没有皱纹。

"老头子是你家亲戚吗?"

"不是。我想,可能算志同道合者吧。"伍休踌躇地说。

"这有点道理。"她点点头,"我在这块地方守了二十多年了,他往这里跑也有二十年了,我忘了这个人的名字,干脆叫他古茶树。"

"古茶树在这附近吗?"

"不瞒你说,就在我的这间土屋里。"

"我可以进去看看吗?"伍休往黑洞洞的门里探了探头。

"不能。别打这种主意了,你就是进去了也看不到。"

老婆婆的脸上显出凶恶的表情,她突然对伍休不耐烦了。

"年轻人,你到底来这里干什么的?我在这里二十多年,还从来没有哪个年轻人到这里来。你如果是来搞调查的,就死了这条心吧。"

"不是。我是想、我想加入你们当中……人多力量大嘛。"伍休一急就乱说了。

"是吗?"她冷笑一声,说,"这事正好忌讳人多。"

伍休感到自己离开此地的时间到了。他没有理由强行待下去。

他走了一段路,又回头看一看,他想看看那土屋后面会不会升起一棵大树。当然没有。就连老婆婆也不在了,她回黑屋里去了。伍休甚至想,她躺在屋外是专为等他和冬爷爷经过,还有小堤,说不定还有什么别的人。这需要什么样的耐心啊。更有可能的是,这不是什么耐心,是她发明的一种快乐,就像他和小堤最近的计划一样。她的方法是守株待兔,小堤和他的方法则是借尸还魂。谁的方法更有效呢?迄今为止,他们工作的效率还没有实实在在地见到,只不过是发现了一些与他们有同样想法的榕城居民而已。然而这毕竟是很大的欣慰了,在今后漫长岁月里做梦时,他们一定还会遇到这些同志向者的,伍休这样相信。想到这一点,伍休低落的情绪又振作起来了。

伍休刚一回到家,桌上的老式电话机铃就响了。

"我是老夏,夏爷爷。冬爷爷给了我你的电话号码。我又去了马厩,啊,那些赛马!我是想告诉你那些赛马的眼睛里全都有了……有了什么……当然就是我们说过的那种东西啊，冬爷爷眼里也有的那种。你明白了？太好了，我高兴得不用吃药了。"

夏爷爷的话让伍休生出许多感叹，他想，这位老爷爷过着一种什么样的激情的生活啊！他的梦会是什么样的呢？肯定不会是榕城人那千篇一律的蛛网小路之梦。伍休决定今后要多去拜访这两位老爷爷，他们将会向他透露一些令人兴奋的信息。伍休看着窗外的天空，那里有一团黑云飘过，风将它吹出长长的直线型的尾巴……喂，你！"他向着那团云喊道。

伍休和小堤又在那家咖啡店见面了。老板亲自为他们端来香喷喷的正宗星巴克。

"二位是我们榕城人的希望啊。"他感慨不已地说，"我有一个线索……"

"什么线索？"伍休和小堤齐声发问。

"是关于敬老院的冬老头的线索。冬老头不富裕，却省吃俭用，将省下的钱都交给一个女人。我见过那位女人，她的模样令人想起古茶树……"

"是一位废品回收员吗？"伍休和小堤又齐声发问。

"不对，她同废品回收没有关系。她是百货公司的保洁员，患有风湿性心脏病，上班也是三天打鱼两天晒网，最近好像工作也保不住了。她啊，是冬老头的密友，冬老头真有眼光。"

"为什么您说冬爷爷有眼光?"伍休问。

"保洁员有古茶树的风度啊。"老板充满羡慕地说。

"能具体形容一下吗?"

"不能。"

老板很干脆地拒绝了之后就回到柜台后面去了,他显然有点生气了。

伍休坐在那里感到很窘迫,唉,谁叫自己乱说话呢?他站起身,打算同小堤一块离开。正在这时那位服务生跑过来了。

"伍先生,堤先生,我是特地来告诉二位:一定要常来啊。你俩让小店蓬荜生辉,也照亮了我黑暗的心田……"他说不下去了,也为自己只会说这种俗套话而害臊。

伍休吃惊地扬了扬眉,突然恶作剧地问服务生:

"小伙子,你看我和我的朋友像不像古茶树?"

服务生压低了嗓音说:

"千真万确啊……"

他们三人相视一笑。伍休觉得老板已经听见了他们的谈话,但他面无表情地坐在柜台那里。伍休和小堤走到街上去了还看到服务生在朝他们挥手。

"这位小伙子为什么这么激动?"伍休问。

"我们每次看见他他都激动不已。伍休,我有种感觉,这就是榕城的人现在全在关心我和你的事业,而且他们自己也在投入到它当中来。"小堤说。

"这真是一桩怪事。一直以来，他们不是在那些小道上娱乐自己吗？"

"可能是你的离经叛道的想法改变了他们的习惯，梦的背景也随之改变了吧。"

他俩分手之后，伍休没有急于回家。咖啡店老板所说的新情况对他来说有很大的吸引力，他不知不觉地就来到百货店的门口。

百货店里顾客很少，当然，现在保洁员也不会在店里。伍休走进去兜了一个圈子又出来了。他刚一迈出自动门就撞上了一个人。

"啊呀，对不起。"他说。

"这不是小伍吗？小伍，你这小鬼头！"冬爷爷大喊大叫起来。

"冬爷爷您好！"伍休边说边朝老人眼中望去，但根本没看见古茶树。

冬爷爷穿着一身旧衣服，胡子也没修一修，显得一点风度都没有。

"冬爷爷,您是来找古茶树阿姨吗？"伍休鼓起勇气问。

"你怎么知道的，小鬼头？哈，你好像什么全知道！那么，你同我一块去她那儿吧。她不是阿姨，是老奶奶。"冬爷爷压低了嗓音凑近伍休又说："她是我以前的相好，七十六岁了，比我还老。"

冬爷爷带伍休返回百货店，从正门旁边的一个小楼梯下去，然后又往上走，来到一条狭窄的走廊，走廊尽头有一扇门。冬爷爷上前敲门，那门立刻就开了。

"我们坐在走廊上说话吧，里面太黑了。"白头发的老奶奶说，一边在走廊里放下两张小木凳。

她又转身进去拿了一张小凳给自己坐。伍休注意到她脸上很白净，一丝皱纹都没有。她很像废品回收站的那位老奶奶。她坐在小凳上，身体挺得很直，完全不像个病人。

"她之所以不让你进屋，是因为屋里有古茶树。"冬爷爷凑在伍休耳边说。

老奶奶好像耳背，没有听见他的话。他高兴地向伍休做了个鬼脸。

"我一来这里，我的眼里就只有她了。所以人们说我将她收进我的眼里了。小伍，你现在见到她了，我问你一个问题：她是不是古茶树？"冬爷爷大声说。

老奶奶显然这一次听清了冬爷爷的话，因为她脸上浮起了慈祥的微笑。

"我觉得她正是。"伍休不由自主地说。

"天哪，你和我想到一块去了！"冬爷爷拍了一下手，"在榕城漫长的冬夜里，你和小堤这样的勇敢者会同她相遇。"

"小堤？冬爷爷您认识我的朋友小堤？"伍休吃了一惊。

"不，不认识。但我知道他在城里的活动。"

冬爷爷的话音一落，便有一只美丽的戴胜鸟向走廊里飞来，落在老奶奶的肩头。

隔了两三秒钟又一只飞来，又落在老奶奶的另一个肩头。

老奶奶看了左边又看右边，同两只鸟儿对视。

"小伍你瞧，我没说错吧？"冬爷爷满脸自豪。

同两位老人告别后，伍休心潮起伏。他在马路边的人行道上走一走又跳了起来，好像自己在腾云驾雾似的。他没找到古茶树，但是古茶树已在他心里扎下了根，那么清晰，那么逼真。

绿　城

在年过半百时,谢五终于回到了他的家乡绿城。现在这个城市同他小的时候完全不一样了。上一次回家还是父亲去世时。后来他家的公馆拆迁,他工作忙回不来,就委托孀居的姑母处理了房产事务。公馆的原址上盖起了九层的公寓楼,谢五在公寓楼里要了两套两居室的单元房。姑母在信中这样写道:"……谢五,你该回来看看。我经常听到你爹爹在这栋楼里说话,可见他是常回来看看的。"他知道姑母对他不满,但他就是没有产生回乡的冲动。

谢五推开门,看见姑母坐在躺椅上看电视,身上盖着很厚的羊毛披巾。

"姑母,我回来了。"谢五说,不知为什么有点紧张。

"你是谢五吗?我怎么听着说话的声音不太像?"

姑母将她的脸冲着光线转过来。她患有青光眼,但还能看。

"我是谢五,我回来了。可能是因为您太长时间没听到我的声音了吧。"

"可是我昨天还听到了。我说错了,我是说昨天还听到你爹爹在说话。桌上的饭菜都是热的,你坐下吃吧。你怎么长了一脸的胡须?"姑母开始端详他。

"我动身时太匆忙,没来得及剃干净。"

谢五坐下来吃家乡的美食。姑母很会做菜,谢五吃了她做的菜,过去的一些淡忘了的场景就出其不意地从脑海中浮现出来。

"真好吃啊。"他低吟一般地说,"谢谢您,姑母。"

他问姑母一个人住这么大一套房子害不害怕。姑母回答说,不但不害怕,她是离不开这里了,她连外出旅游都不愿意。这里原来是她和谢五的家,后来拆掉重建了,可原来的那些家里的老人并没有离开,这件事她是知道,虽然只有她一个人知道。绿城是很大的城市,白天很喧闹,可是到了夜里,那些过去的恋家的老人就要回来。在从前的公馆里,同姑母生活在这里的老人前后有六位,包括谢五的爹爹,还有几位更老的。她必须住在这里,这样老人们才能回家。她和谢五的爹爹的公馆是当年城里最大的公馆,那时何等的气派。家中的老人都是在这里死去的,这就是说,每个人临终的眼里的映象都是公馆,他们怎么会舍得离开此地?

姑母坐在谢五面前说了这一通,谢五听了心中的震动是很大的。

"你回来了我真高兴,你今天深夜就可以同先辈们见面了。他们的辈分都很复杂,我说了你也记不住,就不说了吧。反正都是很老的长辈,除了你爹爹。"

在厨房里谢五同姑母一道收拾锅盆碗筷时,姑母又告诉他说,他爹爹一点都没衰老,还是那张硬汉的脸庞。他每次回来都嘱咐她绝对不要搬离。

"我是我们家族的标志,怎么会搬离?"姑母自豪地说,"我们那个时代的人都是这样的,不像现在的人行踪不定。临终时眼里的映象是最要紧的。"

"您说得对。"谢五红着脸应和道。

姑母拿出两套房的钥匙给谢五,说房里都收拾好了,他可以先去休息,然后自己做晚饭吃。她和他今天深夜再相见。

"那时整个城市万籁俱寂,他们就来了。我已经告诉他们你要来。"

谢五从姑母所在的一楼上到五楼,用钥匙打开第一套单元房的门。他立刻就感到了不安:爹爹的巨幅照片用镀金镜框框住,挂在右边的墙上。"啊,爹爹。"他在心里说,同时就感到毛骨悚然。万一他今夜真的来了,自己要如何样同他说话?他不知道,而且他也已经记不清了。他在心里埋怨姑母,想不通她为什么会这么冒失。如果熄了灯,这张照片就会变成鬼魂一般的东西,难道姑母认为他也同她相似,会喜欢同鬼魂待在同一房间?她自己无疑是醉心于那种交往的,可为什么不由分说地将他也扯进去呢?也许他是有义务的,而他自己不知道?他将每个房间都检查了一遍,包括卫生间。他没有发现什么异样。于是他又用钥匙打开了另一套单元房的房门,他振作精神做这件事,因为他感到昏昏欲睡。

第二套房是空房,房里没有任何家具。谢五判断着:这套空房会不会是留在这里等他开门,然后给另外一种类型的人住的?比如家族里的那些老人?一想到这上头他就感到头晕,于是赶快回到第一套单元房。他将行李收拾好,烧了水泡茶,喝完茶又去洗澡。洗完澡出来他就直接上床了,因为他连眼睛都睁不开了。被褥很干燥舒适,渗透着姑母对他的爱。可不知为什么,谢五居然不能入睡,这是从未有过的。他老是处于一种似睡非睡的中间状态,并且可以听到自己在同某个人对话。有一瞬间他很恐慌,就挣扎着醒过来,然后坐起来,看了一眼手腕上的手表:天哪,才一点四十,他才睡了二十分钟!可是他仍睡意沉沉的,他还要睡,于是又睡下了。刚一睡下,又听见自己在同姑母说话,他抱怨她不该将那巨幅照片挂在墙上,使得他难以入睡。姑母在轻轻地安慰他,但他听不清她说些什么,只听清了半句:"……是他亲自嘱咐的。"接着谢五又听到自己在说:"这公馆怎么变成这样了?"没有人回答他,就连寂静也令他毛骨悚然。他用被子蒙住了头。有人不知通过什么办法进来了。

他似乎看到一名男子抱着两个大枕头站在他床边。那名男子的声音钻到谢五的耳朵里,他问谢五想不想克服失眠,如果想的话,就同他一块去隔壁的空房间。谢五从被褥里伸出头来,闭着眼说隔壁房里没有床和被褥。那人说谢五去了就会什么全有了,起先他看到的是假象。他还将手里的枕头凑到谢五的脸面前让他闻,于是谢五闻到了木棉枕头的清香。

谢五迷迷糊糊地跟着那人走进隔壁的空房。房里特别阴凉,只有卫生间里亮着一盏灯。那人抓着他的手臂,领他进了一间卧室。白天里他看过了,这卧室里什么都没有。那人却让他在床上坐下来。他说没有床,一坐就会坐到地上去啊。那人说,不要过于操心,只要一坐下去就有床了。如果没有床,他也不会为他拿枕头来啊。于是谢五僵硬地慢慢弯下两腿往下坐去,他果然坐到了一张床上。可是当他用手去摸那床时,又摸了个空。也就是说没有床,但他明明是坐在床上了。

"这就好了,枕头和被子都在这里,你可以休息了。我叫谢三,也是你家里的人。"

这个人像一条带鱼一样游出去了,他连关门都没发出一点声音。

谢五虽然有点恼怒,但他确实困得不行。他倒在那枕头上,扯过不知从哪里来的被子,呼呼大睡起来。这是真正的沉睡,因为他没有做梦。

他醒来很晚,已经是上午十点了。一睁眼,发现自己躺在一张大床上。

姑母敲门进来了,给他送来早餐。他连忙洗漱完,过来吃早餐。

"昨天你爹爹来过了啊,这下他满足了好奇心了。他总想知道你现在变成了什么样子。"

"那人不是我爹爹,他叫谢三。"谢五说话时吃惊得要跳起来了。

"也许吧。反正区别不大。他们长得都差不多,所以我有时就不对他们加以区别了。"

"姑母,你怎么可以这样?"谢五稍稍提高了声音。

"可以的,可以的,"姑母连连摆手,"我不是靠外貌的区分来同他们打交道的。"

姑母沉默了。接下来她仿佛怕同谢五说话了。谢五一吃完,她就将碗和盘子放进小篮子里,起身下楼去了。谢五坐在那里,自责又后悔。

这张餐桌,这几把椅子,还有沙发,是什么时候搬进来的?谢五记得他昨晚同谢三进来时,这厅里面是空空的嘛。难道真的像谢三说的那样,他想要什么就会有什么?如果真像姑母说的,这些人都是他们家族的长辈,他谢五停留在绿城的这些天,会不会同他们相处得愉快?他努力回忆昨夜的一幕,感到这个谢三(姑母说他是他爹爹)性格还是很爽快的,而且很为他着想。他爹爹莫非也是这样一位长辈,只不过他谢五没体会得出来?他谢五年轻时又是什么样?

谢五烦恼地想回忆自己年轻时的样子,可是只记得一个光头,一种模糊的担忧的表情。他同爹爹,还有家中的老人们的关系也是很模糊的,大体说来,他不看重这些关系,又因为不看重而有点不耐烦同他们打交道。只是对姑母,他总是耐着性子同她说话,可能是看在很早去世的母亲的面上吧。这次回老家,他是打定主意要好好地休息一下的,可一进家门他的希望就破灭了,姑母将他推进了一种复杂的境地,这到底是一种什么境地,他还没理出个头绪来。

下午没事,谢五决定到公寓周围走一走,吸收一点旧时的气息。他想恢复一点过去的回忆。他在大门口那里看见了两个脸熟的妇女,但他叫不出她们的名字。当他挤出一个笑脸时,那两人就将脸一板,扭过头走了。于是他红着脸走开去了。她们究竟是谁家的女人?他的记忆该有多么糟糕啊!显然,她们误解了他,认为他高傲虚伪。他又胡乱在小街上走了一会儿,决定下午的散步草草收场算了,因为害怕碰见另外的熟人。

"她们先前一直住在我们公馆的对面。"姑母听了他的描述之后说。

"这些事都没什么要紧。"姑母又说,"要紧的是夜里的事。"

谢五猜不出姑母的意思,又不想问她,怕越问越糊涂。他已经不是毛头小伙子了。他问姑母的是另外一句话:

"姑母,你觉得我们绿城的变化大不大?"

姑母听了他的问题就笑起来,说,像绿城这种城市是不会有任何变化的。它像地里长出的一棵白菜,长成什么样子都是注定的嘛。为什么要关注它的变化?它不会变成一棵萝卜。

谢五默默地细思姑母的话,将这话同她讲的关于临终的眼里的映象的话联系起来,不由得背脊骨发冷了。刚好这时姑母要他帮着揉面,将他心里的紧张缓解了。

"姑母,对不起啊。"

"是因为我催你回来?"姑母边包饺子边说,"你完全可以不回来,可是家里夜间的游戏太精彩,你不回来看一看,这家族的记忆不就断了吗?谢五啊,我快要到你爹爹那边去了,一想到回来后见不到你,我就有点焦虑。"

姑母说到这里瞥了谢五一眼,谢五感到那眼光像刀锋一样,同她口里说的完全不相称。

"姑母,我、我是一个蠢材。"他结结巴巴地说。

姑母似乎不在乎他是不是蠢材,她翻了翻眼睛,问谢五还记不记得某个"入口",就是多年前他和他爹爹去过一次的那个地方的入口。她说希望谢五不要忘记,因为说不定今夜或明天夜里他就会闯到那个地方,要是忘了人口在哪里就糟了,他将既不能退出,也不能进去。

姑母去厨房里煮饺子时,谢五坐在那里回忆了好久。他同爹爹的关系并不是十分亲密,在他的印象中,小时候爹爹似乎从来没有带他外出过。后来他很早就在外省参加了工作,每年回去探亲一次,每次待三四天。那三四天里他基本上是无所事事地在街上逛,要不就坐茶馆,听周围的人海阔天空地聊。姑母说的这个事,是她编造的呢,还是实有其事?或者自己根本没有听懂她的意思?正在他迷惑之际,姑母叫他了。

"刚才有人在窗外晃了一下,好像是来打招呼的。他们会带你去那里,我就不去了。你可要记住入口的问题,你要死盯一个地方,敏捷而又执著……"

饺子沸腾起来,姑母将饺子盛进盘子,让谢五端到客厅里去吃。

吃饭期间,姑母和谢五都没说话。虽然吃着美味,谢五的心里还在一阵一阵地发紧,因为夜里将要发生的事的确不可预料。他希望自己按姑母的期望找到"入口",可是他能否做到"敏捷而又执著"呢?真是一点把握都没有。不过他又想,姑母讲的事实现出来总是有很大的偏差吧,她说昨夜"他们要来",却只来了一个人,这个人是不是"他们"也不知道,说不定只是公寓里的邻居。姑母却说那人是他爹爹。一切都是错乱的,这种事他谢五最好不要预测。

他回到了昨晚睡觉睡到上午起来的那套单元房。他洗完澡才八点多钟，为了积蓄精力来应付夜间的事，他又早早上床了。他的这套被褥也像是从姑母那里拿来的，散发着姑母房里的好闻的气息，甚至让他隐隐约约地记起了母亲。然而，当他在这张床上睁眼躺了三个小时后，他意识到自己今夜又失眠了。他不能闭眼，一闭眼就感到无比的恐惧。后来他干脆穿上衣服坐到了窗前，那时快要十二点了。他想，就让家族里的"他们"来吧，他在家里等他们。

谢五等了两个小时，他们并没有来。大约两点半的时候，他起身向外走去。他在走道里遇见了昨夜送被子来的那个人，但因灯光微弱，他还是看不清他的脸，只注意到他是个驼背。谢五停住了脚步，轻声说："您好。"

"光等是等不来的，去外面走走，说不定遇见点什么。"那人也轻声对他说。

谢五下了楼来到外面。他发现了反常的事：他公寓所在的这条街道被两边的路灯照得亮堂堂的，像白天一样。走到哪里都是路灯，就像工地上的探照灯一样刺眼。他们为什么要使用这种灯来做路灯？在谢五的想象中，鬼魂如果要回家，应该走黑路才对。就比如刚才那个人，不总是在光线很差的地方同他相遇吗？姑母甚至说他是他爹爹。像这样的亮堂堂的马路，就连谢五走在上面都一阵一阵地发窘。然而有个穿黑披风的很像鬼魂的家伙过来了。

"谢五！谢五！我等你好久了！"他挥着手大喊大叫，

很快地走向他。

"您是——"

"你的叔爷啊,你连我都认不出来了!"他责备地说。

"可能是因为这灯光……"

"灯光怎么啦,这路灯很好嘛。"他哈哈一笑。

他将黑披风一甩,做出骑马的姿态,催着谢五上马。谢五只好尴尬地站在这位叔爷的身后。谢五并没有感到是骑在马上,但确实有风从耳边吹过。叔爷要谢五用力搂住他的腰,谢五照做了,但还是没有腾空的感觉,因为他俩分明是站在道路中间,并没有移动。叔爷说,谢五之所以还体会不到腾空,是因为谢五还不适应这种生活。他又说,过不了多久他就会适应的,今天他只是带谢五领略一下。风不是吹在谢五脸上了吗?这就说明他入门了!

叔爷告诉谢五说他们下马了。

"前面有个酒馆,你同我去喝酒吧。"

"叔爷,我的酒量很不行。"谢五踌躇地说。

"那种酒谁都能喝,你去了就知道了。"

"就像刚才骑马一样?"

"哈哈,你小子真聪明啊!跟我来!"

他将谢五一把拽到一个拐角那里。谢五看见昏暗的门面房里有张圆桌,桌旁坐了三个人,都伏在桌上睡着了,其中一个手里还握着空酒杯。叔爷将谢五推到桌旁坐下,又从酒瓶里给他倒了一杯白酒,大声对谢五说道:

"谢五,你同这几位爷爷说说话吧,我要将马带回去。你不要害臊,有什么问题尽管大胆同这些爷爷们讨论。别看他们睡着了,其实脑子清醒得很!"

叔爷说完就转过身,将角落里唯一的一盏小马灯熄掉了,屋里变得一片黑乎乎的,然后他就出去了。他走了好远,谢五还听到他在喊话:"谢五,你可要好自为之啊!"

谢五坐在桌边,什么都看不见,为了壮胆他喝了一口酒。这里的黑暗同刚才的亮堂形成鲜明的对比,他紧张地等待着这几位来同他说话。可是他等了老半天也没有任何动静。

他试探着去摸他旁边那人的手,他触到那只手之后吓了一大跳,那是一只冰冷的手,像尸体上的手一样,而且如柴棍一样僵硬。谢五怀疑地想,也许这三个人都已经死了,只有他还活着,坐在这里。叔爷让他坐在死人当中,是锻炼他的胆量吗?他记起了他的嘱咐。

他鼓起勇气站起来,用颤抖的声音说话了。

"爷爷们,你们好!我知道你们是来同我见面的。你们虽然不说话,可你们什么都知道。我,你们的孙辈谢五,我来绿城两天了。我来干什么?我不知道,只有你们知道。还有姑母,她也知道。我在外面游荡了这么久,突然就回来了。为什么我想不起我回来的原因?我是真的回来了吗?喂,回答我,爷爷!爷爷!爷爷……"

他爆发了,变得声嘶力竭,用拳头砸向桌面。

角落里的马灯忽然又亮了,有人鼓了三下掌。谁在鼓掌？谢五看不到那个人。屋里只有他们四个人，那三位老者还是伏在桌上一动不动。谢五又喝了一口酒，然后跳上桌子，站在那上面。他有些尴尬，他不知道自己要干什么。也可能他是要等那位鼓掌的人自己现身。

掌声又在角落里响起来，谢五还是看不到鼓掌的隐形人。

"我要——我要自己一个人去！"他吼道，然而并不知道这句话的意思。

他从桌上飞身而下，冲到了门外。他听到身后一阵巨响，好像那圆桌翻倒了，他没有回头，一阵疯跑，跑到了姑母家。那扇门没关，谢五冲进去了。

姑母已经起来了，坐在躺椅上，电视开着。

"我听说你爹爹他们很伤心，因为你不肯陪伴他们。他们等了这么久才等到你回家，可是你不耐烦待在他们身边，你很快就跑掉了。"姑母说。

"唉唉，姑母，我还以为他们是死人呢。我是个胆小的人，你也知道的，我最怕的就是死人，我差点昏了过去……"谢五心急地辩解道。

姑母锐利的眼神在他脸上停了一下，笑着说：

"我想起来了，的确是这样，你怕死人。你其实表现得不错。"

她问谢五是否同她一块吃早饭，谢五说不吃了，他喝了酒，头晕得厉害，要上楼去睡。

谢五用钥匙打开门,看见屋里坐了一个人。

"您是——"谢五问道。

"我就是你隔壁那照片上的人。"他说话时坐着没动。

"可照片上那人是我爹爹啊。"谢五说。

"为什么一定是你爹爹?也可以是我嘛。你姑母叫我来陪伴你的。"

"可我并不需要人陪伴我。"

"你就别充好汉了吧。我知道你胆子不大,这屋里又总有异常情况。"

谢五头晕得厉害,就不再说话,脱了衣就上床睡。

"你数数目字吧,数到一百就会入睡。"那人的声音传到谢五耳中。

谢五在心里艰难地数着,数到五十就入梦了。然而他睡得不安。他在同那三个死人打架,他们轮流将冷冰冰的手贴到他脸上,轻轻地、异口同声地对他说:"夜半时分,绿城的地底响起我们的呢喃低语。"谢五被他们缠得难受,赌气地抓起桌上的酒瓶又喝了一大口。这一口酒喝下去,他的脑袋里成了一片空白。他最后听到的是那三个人轮流走出小酒馆的脚步声。他也不知道自己睡着了没有,因为脑子里成了一片空白和睡着了还是有区别的。他喝了酒之后那三个死人就消失了。他身处同样的小酒馆,对面的白墙上嵌着一张脸,那是他爹爹的脸,他听见他爹爹在向他抱怨。

"谢五,你怎么不早来?你看看绿城现在变成什么样子了,就连走路都会随时踩着尸体。这种局面你没有想到吧?"

"爹爹,您为什么要待在墙壁里面呢?是因为我现在是在梦中,您要演戏给我看吗?先前我是很少同您谈话的,对吧?"谢五心里充满委屈地说。

他的话音刚一落,爹爹那张脸就换成了叔爷的脸。墙壁嚓嚓地响了几下。

"我的马呀!我的马呀!马——"叔爷哀号道。

"叔爷您出来吧,我们去找您的马!"谢五也发出喊叫。

有一个人进来了,是姑母。姑母一进来就用拖把拖地,她说屋里这么多年没住人,有一股霉味,还说谢五应该早几年就回来,这房子是他的财产,可他理都不理,搞得现在成了这样,只能住家族里的那些穷亲戚了。姑母拖完地就走了,谢五这才真正睡着了。

谢五早上一醒来立刻就去隔壁房里看爹爹的照片。他打开门,发现墙上镜框里的照片已经换成了那位叔爷的照片。

当他下楼去问姑母时,姑母就笑着说:"他们总是换来换去的。如今你爹爹的性格已经改变了很多,他成了一位和蔼的老爹。"

谢五记不清爹爹从前是否和蔼,所以他也听不懂姑母话里的意思。他感到很沮丧,也感到自己还没有融入这个家。也许这是不可能的?昨夜墙上的那两张脸不是同他格格不人吗？还有照片，它们占据了一面墙，爱怎么变就怎么变。这个家其实是他们的，他谢五只是来寄宿的。

"谢五，你吃饭吧，不要想得太多。实际上，形势正朝着好转的方向发展呢。我一直在念叨，谢五总算回来了，回来了就有办法了。"姑母又说。

谢五突然很想哭。他在喉咙里哽咽了老半天，终于说了出来：

"姑母，我爱您，一直爱。"

"当然，当然。"姑母抚着他的肩头安慰他说。

谢五吃早饭时，听到姑母家门外有个人总在哭，他问姑母那是谁？姑母说那个人不在门外，在很远的地方，多半是在城市的下水道里。谢五之所以听到那人在门外，是因为他的听觉变得十分敏锐了。他还会听到更多的声音，绿城有个地下世界，夜深人静时，那下面的人们可以吵翻天。姑母说到这里时就将目光转向了电视机。

谢五赫然看到楼上镜框里的叔爷居然出现在屏幕上，他举起手，向什么人打招呼。姑母严肃地、不动声色地注视着他，似乎在回忆什么事。

"他们已经渗透到了这个城市的每个角落。"姑母说，"你瞧，我的晚年生活很热闹吧？"

一会儿工夫，叔爷就骑在棕色的高头大马的背上了，他居然还穿上了盔甲。叔爷向远方飞奔，屏幕变成了一片雪花。姑母过去将电视机关掉了。

"谢五,你听我说,下次你爹爹他们来见你时,你可以留个心眼,比如问他们要一样东西,然后将那东西死死地抓在手里。像你现在这样,什么东西都没有,爹爹对你来说还比不上一个影子,对吧?这就难怪你总听到他们在哭。"姑母说着话就变得沉痛了。

谢五的眼珠在眼眶里转动着,他在心底呼唤:"姑母啊,姑母啊……"

他一吃完饭姑母就催他上楼去整理房间。"那上面已经乱得不成样子了。"她忧虑地说。

谢五回到挂照片的单元房,发现房里并没有乱得不成样子,只是照片又换了,换成一个大胡子老汉,他不认识这个人,他觉得大胡子同他爹爹一点相似的地方都没有。再去隔壁的单元房,看见一切都还是原样。姑母为什么要这样说呢?也许她指的"乱",谢五看不见?也许同那些照片换来换去的有直接关系?房间没有什么可整理的。谢五拍了拍沙发,沙发干干净净,一点灰尘都没有。他将床上的枕头拿到沙发上,躺了下来。他要细想一下夜间发生的事。

可是谢五无法思考,他的脑袋里像生了锈一样,什么细节都想不出来。当他用力去想,眼前就一黑,居然睡着了。这对他来说真是太妙了,因为他需要休息。

谢五醒来时忽然记起有人给了他一个地址。那人蒙着面纱,也许是姑母?地址被压在他的脑袋下面,是写在一

张信纸上头的。他念出了声:

"三角塘,八十三号,绿城西。"

他觉得这地址又简单又有趣,于是又念了一遍。

在姑母家吃饭时,他装作若无其事的样子问她:

"三角塘八十三号在什么地方?"

"你怎么想起来去那里?"姑母反问道,还扬了扬眉毛,显出吃惊的神情。

"我梦见那个地方了。就是昨夜。"

"天哪,你梦见——那可是绿城最美的地方。你一直往西,就可以走到。记住,一直往西,在路上不要东张西望。"

姑母走进厨房,拿了一个竹编的小篮子出来递给谢五,告诉他里面装满了干粮。她还拿出一个精致的水壶,挂在谢五脖子上。

"为什么要带这么多吃的东西?"谢五不解地问。

"因为你需要长途跋涉,还需要住在那里。那种地方,你进去了一时半时会出不来,因为太美、太勾魂了!我年轻的时候……"

姑母没说完,垂下眼皮看着地下,沉默了。

谢五的心颤抖了,然而他并不知道是为了什么,他也不敢问姑母。他想起夜间骑马的事,越想越入迷。他就像一个傻瓜一样一动不动地站在那里。

过了好一会,他忽然听见姑母在斥责他:

"谢五,你怎么还没走?你从小做事就是这样拖拖拉拉,这个毛病要改!"

她将竹篮塞到他手里,一把将他推出门外。

谢五转到西边那条马路,立刻看到了正在下沉的金红色的夕阳。"多么美啊。"他在心里说。有一位中年男子和他并排走着,想要同他说话。谢五记起姑母的告诫,就不理这个人,一味闷着头赶路。

"装什么正经啊?"那人捅了捅他的背,谢五还是不理他。

太阳落山了,刮起了冷风,谢五觉得已经到了郊外,因为周围已经看不到房子了,空旷的建筑工地上停留着一些挖掘机。那人还是紧紧地跟着他。

"你干吗老跟着我?"谢五终于开口问他。

"是姑母叫我跟着你。"他简短地回答说。

"三角塘八十三号在哪里?"

"你跟我走。"

那人说了就走到谢五前面去了。谢五跟在他后面,心里很紧张,因为天慢慢黑了,周围看去鬼影幢幢。不知为什么,谢五觉得自己被强迫着跟这个人走。

走了一会儿,终于什么都看不见了,谢五只能看到前面这个影子般的人。

"这就是八十三号吧?"谢五故作镇定地大声问道。

"这就是八十三号。你现在在绿城的墓地。你看到了前面的那一点亮光吗?"

谢五看到了一点光亮，有人蹲在那里用手电照什么东西。待他们走拢去之后，谢五看见一个小姑娘在用手电照一本很旧的书，同他来的这人似乎与女孩很熟。

谢五也蹲下了，他想看看女孩手里的书，可她不让他看。在手电的光圈里，他看到了面前的坟墓。谢五开始隐隐地激动起来。

"这是一本什么书？"谢五问她。

"是族谱。我在墓地里捡到的。这里总有东西捡。"女孩骄傲地说。

女孩摁灭了手电，三个人都隐没在黑暗里了。站在谢五后面的那人说：

"姑母交给我的任务完成了，我要走了。谢五，你同小花儿待在这儿吧。"

他说着就走了，谢五听到了他远去的脚步声。

小花儿格格地笑着，笑完之后问谢五：

"你想同我去捡东西吗？"

谢五说，当然想，马上开始吧。

"那就要看你有没有好运气了。"她嘲弄地说。

她打起了手电，让谢五紧跟着她，她和他在坟墓之间穿梭。谢五很快看到小花儿弯下身去，口里说着："这儿有一个。"好像捡起了什么。过了一会儿，她又弯下腰，说："这儿又一个。"她一连捡了五个东西，可是谢五并没看见她手里拿着什么东西。

"小花儿，你捡的是什么啊？"

"嘘，不要问。你问这种话就是对他们不礼貌。"

他们又走了好一会，小花儿捡了更多的东西。她说已经拿不动了，让谢五同她一块儿坐在石头上休息。他俩坐了下来。小花儿说：

"把你带来的干粮拿出来，我们一块吃吧。"

谢五心里想，这孩子真是个鬼精，什么全看见了。

于是两人一块吃干粮，轮流喝水壶里的水。谢五问，她捡了那么多宝贝，要不要他帮她拿一部分，减轻她的负担？女孩听了就笑起来，笑个没完没了，差点笑岔了气。

谢五闷闷地站起来，他不明白他的话有什么好笑的。

女孩终于平静下来了，她清了清嗓子，郑重地对他说：

"你刚才说帮我拿东西，所以我才笑。这是不可能的。他们也会不高兴。"

"谁？谁会不高兴？"

"你知道谁会不高兴。"

谢五不喜欢她说话的口气，他觉得这个小孩太骄傲了，虽然他也觉得她有资格骄傲，可心里还是不痛快。

"你觉得这里不好玩吗？我躲起来，你来找我好吗？就像大前年那次一样？"

女孩一边说一边就跑远了。谢五打了个冷噤，感到害怕起来。她将自己认作某个人了，不属于白天里的某个人。她认为他应该在这漆黑的墓地里如鱼得水！多么大的误会啊。

　　谢五坐下来了。他不想在墓地里奔跑,因为他看不见,有可能摔倒。他开始回忆来这里之前姑母的那些提示。她说这里是最美、最迷人的地方,说他来了就不会想马上离开。姑母没有说错。但有一点姑母没有估计到,这就是他谢五在这个奇怪的墓地里会有一种"闯入者"的感觉。这里的一切都不属于他,只属于那小女孩。

　　他坐在那块石头上,蟋蟀在他脚旁声声吟唱。它唱的是光明之歌吗?谢五有一点听懂了,但又没完全听懂。在远处,那女孩的手电忽高忽低,像一只萤火虫在飞。

　　"我们——我们!"她那尖锐的嗓音喊道。

　　谢五想,只有她一个人守在这里,但她丝毫也不觉得孤单。谢五终于懂得了姑母的那些话。他决定今后每年都要回到绿城来。他在心里叹息:家乡之美,要年过半百之后才会领略得到啊。

母亲河

我们的村子叫"捞鱼河村"。这个名字很形象：村前确实有条河，河里也确实有鱼可捞。据我所知，我们这个大村里至少有两家人家靠捞鱼为生。捞鱼又称扳鱼——用竹竿和网丝做成的大网，放在河岸边，定时去将那网扳起来。一般来说，虽谈不上有特别丰厚的收获，一家人生活总是够了的。

我家没有承袭扳鱼的职业，我感到非常遗憾。平日里我一有时间就跑去看孟哈扳鱼。孟哈是一位青年，比我大几岁，口哨吹得十分精熟，人也长得很精神，我崇拜他，我想同他学扳鱼。但孟哈不同意。他说，如果我也学会了扳鱼，他的饭碗不就被抢走了吗？要知道这条乌河里的鱼是有一定数量的，不可能任人无限止地捞，那是很危险的做法。孟哈说这话时就显出少年老成的样子，我不得不佩服他。然而我还是热爱捞鱼这个手艺活——既精致，又有一套考虑周全的程序，必须一丝不苟地去做。

有一个问题长久以来萦绕在我的心头，这就是，乌河是一条大河，大河里应该有很多鱼，捞鱼河村里的人们是如何计算出这沿岸十来里长的河段只能有两个扳鱼点的？仅仅因为他们扳到的鱼只够维持生活，就下结论说，这段河里的鱼只能养活两家人，这是不是太武断了呢？捞上来的鱼的多少受很多因素的干扰，有技术上的，也有气候方面的，甚至有情感方面的（根据我对孟哈的观察），凭什么就断定我们村不能再多一两个捞鱼点？我百思不得其解，只能暗中仔细感受和分析孟哈的言行。但孟哈可不是一个容易琢磨透的家伙！我觉得，他也在暗中揣摩我对他的揣摩，甚至以此为乐。

一段时间以来，孟哈为一件事感到苦恼了。在半夜里，乌河的河面上升起了一个巨大的黑影，那黑影一动不动，占据了半边天。这是孟哈告诉我的。我为了证实陪他工作到半夜。然而当他指给我看时，我睡眼蒙眬，什么都没有看到。"都已经像铁板钉钉一样了啊！元儿，你一点儿都看不见吗？"他绝望地说，"瞧，这里是头，这里是肩。虽没有腿，移动得还挺快。"他这么一说，我就惊醒过来了。啊，当我凝视他指给我看的黑影时，我的感觉难以形容！我仍然没有看到它，可它牵动着我里面的五脏六腑。我不知不觉地喃喃自语："这个……""这个！"孟哈用震耳欲聋的声音重复道。

"它在哪里？我可以同它对话吗？"我虚弱地挣扎着说。

我定睛一看，孟哈已经不见了。大网被无形的手扳了起来，悬空的网里有一条闪亮的银鱼在跳动。我想，天哪，这个孟哈，他是如何让自己的身体完全消失的？莫非他分裂为两半，一半同那黑暗合为一体，另一半还在这里扳鱼？没有人去捡那几条鱼，竹竿和渔网"砰"的一声落回了水中。

"孟哈！孟哈……"我心烦气躁地叫了起来。

"元儿，你叫什么呢？"他的声音从远方传来，"不是都好好的吗？"

他正从堤岸的东边往这里走，他的全身披着银光，有点像那条银鱼。奇怪的是，他总走不到我的面前。我等啊等啊，他反而离得越来越远了。"元儿，你自己回去吧……"河风将他的微弱的声音送过来。

我只好独自回家。我离孟哈的世界很远，刚才的事已经证实了这一点。我不是看不见那黑影吗？但它影响到我！现在已经是清晨，君叔一个人在我家里吃早饭。他从碗边抬起头来朝我笑。

"元儿，你爹妈到邻县扫墓去了，他们托我看家。他们说：'元儿靠不住，总在外面逛。'是这样吗？"

"君叔，谢谢您啊。"我惭愧地说。

"没关系。我年轻时也像你。那么，你遇见'它'了吗？啊，回想起来那真是美丽的邂逅啊。谁没有年轻过？"

"君叔，您现在不再遇见'它'了吗？"

"我现在？我现在夜夜睡在它身边！"

君叔突然笑起来，笑得喷饭了。然后他起身帮我装了饭，我和他相对而坐，默默地吃了起来。此刻，我俩都不知道要如何表达自己的内心，似乎又都为这力不从心而沮丧。君叔凑在我耳边轻轻地说，我应该去好好睡一觉，一定会做好梦的。"好梦！"他强调说，还拍了拍我的肩。我凝视着窗台上的太阳光，心中掠过一阵战栗，我感到这种燥热的阳光其实就是昨夜的黑影。不知道我这种感觉是怎么回事，但我就是真切地感到了这一点。我听见自己的声音像蚊子叫一样：

"君叔，君叔，麻烦您拉上窗帘……"

君叔立刻拉上了窗帘，然后他就不见了。他离开我家了吗？

我伏在餐桌上，发着抖。我记得现在是早上，我刚吃了早饭，可屋里为什么黑得像夜晚一样？是因为我将河边黑影带进了屋里吗？可那黑影是属于孟哈的东西啊。看来一切都在改变，我的生活被卷进了一个旋涡。

我用力站了起来，我感到君叔还在这屋里，也许就在我父母的卧室里吧。我走进那间卧室，果然看见他在那里。卧室里很阴凉，我不再发抖了。他在研究一个地球仪，不过这是我从未见过的那种，很可能是他自己制作的。那个小球放在床头柜上，给我一种怪怪的感觉。

"元儿，你瞧，这是我制作的捞鱼河村的地图。这是村东，这是村西，这边这条黑色的带子是乌河。你有什么看法？"他边说边转动那个球。

"捞鱼河村怎么会是球形的呢？"我终于冲口而出。

"你不同意？"君叔严肃地看着我问，"你认为这地图该如何制作？"

我被问住了，我的脸在发烧。最后我承认自己不知道。

"君叔，我想，我的眼光有缺陷。"

"哈哈，元儿，不可能。眼光不可能有缺陷！你不是什么都看见了吗？你啊，一定可以想出更好的——"

"更好的什么？"

"地图啊！你东游西荡，早将我们村的地貌弄得一清二楚了。"

君叔说他得回家去给地里的蔬菜捉虫了。他拿起那个球就走了。

我坐在父母的阴凉的卧房里，脑子渐渐地清醒了，我大声对着空中说道："君叔真是一只老狐狸啊！"我越想越觉得他的地图制作得逼真，他是一位天才的手艺人，表面上的工作是修闹钟，暗地里却另有绝技。我真想向他学一手，可我学得会吗？第一眼看见那球形地图，我不是完全没看出来吗？后来我又怀疑自己的眼光，被君叔指出了我的错误……啊，关于那黑影的事，我得再想想！我觉得这事同乌河有关。这条养育了捞鱼河村的乌河，它想告诉我们一件难以启齿的事，它用演示的形式将这事讲出来了。我所知道的就仅止于此。那么,孟哈知道多少?会不会也仅止于此?的确,黑影就像圆形地图一样不可思议,孟哈和君叔天天生活在这类不可思议的东西当中,君叔甚至亲手制作这种东西。而我,还是一个初学者,我每时每刻伴随着异物,却对它们的窃窃私语浑然不知。我的父母出远门去了,我感到他们同我一样,在钻研同一件事。从我成年了起,他们就再没有去给他们的爹妈扫过墓。爹爹还说过,扫墓这种事是"身外之物,完全没有意义"。可现在他们却双双去做这无意义的事了。

三天之后我的父母才回家。这三天里头,君叔每天来陪我。我和他一块浇菜园子,一块喂猪和做饭。到了夜里,他就教我制作地图。我们制作了邻县的地图,还有乌河东边的金城的地图,这两个地图都是球形的。越是沉迷于这项工作,我越觉得自己看见了真理。很显然,我从前并没有"看见",有某种东西挡着我的视野。

"君叔,您制作地图有多少年了?"

"三十多年吧。但我认为自己还是不够熟练。"

"啊?"

"事实就是如此。你瞧,这条经线不是歪了一点吗?"

窗外有沙沙的响声,是孟哈在背着渔网走过。

"你的好朋友要休息几天,他收网了。"君叔说,"这种对峙令他身心疲惫啊。"君叔叹了口气。

"同谁对峙？"

"还会有谁？当然是他的好友。"

当天夜里，我回忆着同孟哈多年的友谊，一块捞鱼的那些日日夜夜，直到黑影的突然出现……但那黑影，也许早就出现了，只不过我没有看见罢了。我不能完全确定我对它的态度。比如刚才在窗外，我看见孟哈背着渔网，但那到底是渔网还是黑影？"它的确是我的心病。"我对自己说。

下半夜，我看见了前面那间房里的灯光。

君叔正对着饭桌上的球形地图发呆。他朝我点了点头。

"君叔，这是金城旁的乌河吧？那么，黑影在哪里？"

"你看不到吗？再仔细看看。"

"您能给我指出来吗？"

"不能，我没法指。"

他脸上的笑容有点古怪。他朝我凑过来，轻轻地在我耳边说：

"不要急，元儿，那种东西总会在那里，你总会看见它。它通情达理，肯定知道你的心意。你认为我说得对吗？"

我摇了摇头，因为我不知道要如何回答。君叔说，他刚才又看见孟哈往河边去了，可能改主意了，也可能听到了老朋友的呼唤。我也很想去河边，但我还是忍住了。毕竟，受到召唤的是他，不是我。

我躺在床上想着球形地图。我看见灯灭了,君叔睡觉去了。我感到那两个还没完工的球在我家里滚动着,从饭厅到厨房,然后又到卧室,再到走廊,一直滚到菜园里去了。这种球形地图,大概同河里的黑影有某种关联吧,那是什么类型的关联?我在这里想着黑影,按君叔的说法,黑影也会念想着我。这是怎么发生的呢?

早上醒来,我发现君叔已经走了,两个球也被他带走了。为什么他不愿意将球形地图留在我家呢?真是个怪人。我仔细寻找我们昨夜的狂热的工作所留下的痕迹,可是没有,什么痕迹都没留下,就像君叔没有同我制作过地图一样,他把剪刀与浆糊也带走了。

我来到河边,看见孟哈容光焕发地坐在石凳上。

"昨夜收获不错。"他说。

我看了旁边的大木桶,的确不错。但我觉得他不是因为这些鱼而容光焕发。于是我就问他是否同好友交谈过了?

"是啊,我们已经交谈过了,真过瘾啊。"他说。

"孟哈,你见过球形地图吗?那种地区图?"

"我听说过,这不是什么秘密。我们村有不少人使用那种地图。你只要看看那些人的眼神就明白了。"

我的脸红了,我为自己的孤陋寡闻而羞愧。于一瞬间,我明白了君叔为什么要将制作的地图全部拿走。

"这条河是母亲河。"孟哈沉浸在回忆之中,"从前还没有村子的时候,我的父母就在这里扎根了。他俩有时就睡在河底。"

"啊！"我惊叹一声。

"很新奇吧？这是因为我们这代人已经失去了那种原始功能了。很久以前，河啦，鱼儿啦，鹅卵石啦，都很亲近我父母他们。"

孟哈打着哈欠，说他昨夜累坏了，主要是心累，他打不定主意要不要休息。上半夜他打算去休息几天，收了网回到家里。可一回家就很慌张，因为从窗口看见的黑影与河里的黑影很不一样。窗口那里的黑影有攻击性，哪怕他关上了窗户也躲不开。他还听到死去的父母在房间里的暗处唠叨。他觉得父母是在催他返回河边，他们从前都是那种拼命工作的类型。

"孟哈，你去睡觉吧，我来替你扳鱼。"我说。

他用怀疑的眼神看了我一眼，然后站起来，头也不回地往家里走去。我望着他的背影，那背影很快在阳光里融化了，看不见了。这又给我一种新奇的感觉。我在心里说，孟哈孟哈，你到底是什么样的人？为什么你我的差距如此之大？

孟哈一走，收成就变差了。我根本就扳不到一条鱼。我回想起他所说的关于"亲近"的言论。看来我同乌河一点都不亲近，这是需要时间和耐心的。也许君叔的球形地图，是经历了几百年的训练的产物？那对我来说真是一种奇特的眼光，可这种眼光今天在村里已变得稀松平常了。我突然就感动了——我生活在一个多么伟大的村子里啊!

整整一上午,我毫无收获。后来我看见爹爹和妈妈出现在路口了,我有点激动。他俩径直朝我走来。

"元儿,你在帮助孟哈吗?"爹爹高兴地问我。

"嗯。可是鱼儿不进网,我一无所获。"我说,"会不会在考验我?"

"你是说乌河?这是很可能的。元儿越来越开窍了……元儿,我和你妈现在对你放心了。我们要回家做饭了。"

"等一等,爹爹。你们真的是扫墓去了吗?"

"是啊。你不相信?可是先人对于我们来说还是很重要的。"

爹爹很严肃地说了这话之后,就同妈妈离开了。

孟哈下午三点才来。他显得精神抖擞。

"元儿,我觉得你差不多可以接我的班了!现在我改变想法了,如果你有兴趣,可以来接我的班。"

"可是我扳不到鱼啊!"

"没关系,不会有人责备你的。你对即将发生的事有兴趣吗?"

"什么事?我一直在想扳鱼的事。"

"扳鱼并不是目的。"

我离开好久之后还在想孟哈的话。他同意我接他的班,可他又说扳鱼并不是目的。所谓接班,不就是取代他来做扳鱼的工作吗?他所指的,到底是什么事?他要达到什么目的？难道他只是表面上在扳鱼，实际上在干着另外的事？

一回到家中我就告诉爹爹孟哈已经同意我接他的班了。爹爹说他早就知道了。他是从我坐在石凳上的样子判断出来的。还说我的样子就是个渔夫的样子。我说我捞不到鱼。

"这会有什么妨碍吗？"爹爹诧异地扬了扬眉毛，"这一点关系都没有！在捞鱼河村，谁会关注一位渔夫的业绩？再说现在已经没有人靠扳鱼来养家了，我们家的几块地已经够我们生活得很好了。元儿啊，对于你的新工作，你可要给我们家长志气！"

"对，元儿，你可要努力上进！你君叔不也是这样要求你的吗？"妈妈也说。

"我感觉到自己一旦成了渔夫，就会走火入魔。"我说。

"走火入魔很好啊，"爹爹说，"我和你妈一直在等这一天。"

我想，如今就好像人人心明眼亮，只有我一个人站在黑地里。我有点焦急，又有点难过。他们到底看见了什么？

"爹爹，我向君叔学习了如何制作球形地图。"

"太好了。我早就说过你会掌握那种技巧的。君叔的眼光是他的专利，你慢慢地也会具有他那种眼光的。"

爹爹的话令我吃惊。我其实不大看得懂球形地图，可能是思路转不过来吧。但我非常喜欢制作的过程，制作时的那股劲头也可以称得上是走火入魔。看来爹爹什么全知道。但是我要如何努力才能具有君叔的眼光，因而可以熟练地制作球形地图呢？我为此而苦恼。

"元儿，凡事不要急于求成，可以慢慢来。"妈妈安慰我说。

我们住在同一个屋顶下，但我总觉得我同爹妈的距离是如此遥远。我的双亲太深奥了，而且他们身上还挟带着那些祖先的氛围。比如扫墓这种仪式，我仅仅在未成年时同他们一块去过一次。那一次我感到很无聊，后来就再也不肯去了。他们叹着气，脸上显出对于我有点恨铁不成钢的表情。那时他们对于扫墓的热情，还有那种庄严感，我完全不能理解。至于后来他们对于扫墓一事的冷淡和不屑，就令我更加不理解了。直到今天，我将这事同发生过的一系列事情联系起来思考，才隐隐约约地感到扫墓一事非同小可。

午夜时分，我走出卧室，来到宽广的晒谷坪里。我们家的水田静卧在明亮的夜空下，延伸到很远。我想，我的父母该是多么富有啊！并不是因为土地，而是因为他们拥有的无形的东西。那是些什么呢？现在，我有点后悔我退出扫墓仪式这件事了。但他俩是用心良苦的，他们不是派了君叔来帮助我吗？"球形地图和墓地……球形地图和先人的墓地……"我在不知不觉地念叨着。一道闪电将夜空分为两半，多么美啊……我几乎喘不过气来。就在刚才，当天空分裂之际，我确真地看到了球形的乌河，还有河面上的黑影。不过那只是一瞬间的图像，会不会是幻觉？忽然间就下小雨了,我赶忙跑回卧室。我听到父母在那边房里高声地谈话,莫非他们是为我的成长而激动?

孟哈还是每天都到河边来看我扳鱼。如果他接手,鱼儿就入网,如果他离开,我就照旧一无所获。我问他这是什么道理,他摇摇头说:

"不知道。谁会关心这个?你家等米下锅吗?"

"但你每天来这里教我,对吗?"

"对,不过我不是教你扳鱼,你该看出来了吧?"

孟哈说完这句话就起网了,网里面空空的。

"元儿你瞧,我们步调一致了!"他惊喜地说。

接着他就让我看河的对面。我变得昏昏沉沉的,什么都看不清。但我在心里想,那就是它,那黑影,它来了。孟哈在我旁边同它对话,我不知道他说了些什么,但我知道他很兴奋,我也同他一道兴奋着——是那种某件好事要落到我头上来了的兴奋。我突然渴望爹爹和妈妈在我身旁,这样他们就会见证这件好事。我的渴望是如此地强烈,以致我疏忽了对河对面的它的关注。也许就因为一瞬间的疏忽,孟哈突然就消失了。

一切都恢复了常态:水面没有任何异样,村里静悄悄的。上游的那位渔夫阿季背着鱼篓从我背后的路上走过。

"阿季,收成怎么样?"

"如今这年头,谁还去管收成啊……"他含糊地回答。

我注视着他的背影，他的背后拖着长长的一道黑影。我在心里说，这又是一位看得懂球形地图的村民。

我慢慢随遇而安了。因为说实话，再没有比在河边扳鱼的生活更为单纯和平静的生活了。有时河里会开来一艘轮船，但船上都是外地人，我对他们并不怎么感兴趣。我感兴趣的是这条沉默的河，还有村里那些祖先的事。我知道钻研我所感兴趣的这些事需要很大的体力和耐心。我每天来这里扳鱼，不就是锻炼自己的力量和耐心吗？难怪爹爹说业绩不重要，孟哈也说我家不会等米下锅！哈，我的误会多么大！但我仍然觉得自己还没能像孟哈那样进入有趣的事，我总在外围徘徊。有时我又怀疑这只是我一己的偏见，怀疑自己已经进入到了某些事物的内面。比如那种昏昏沉沉，比如那种视野模糊，还有听觉失灵等等，会是什么样的东西导致的？

日子很快就到了秋天，我们这里的秋天美极了，乌河的水变成了深绿色，河里的鱼也是深绿色。我不厌其烦地放鱼饵、下网，但仍然一无所获。我的心情起了变化，我想，我的那些鱼饵每次都被它们吃光了，这是多么奇妙的一件事啊。母亲河滋养着我和鱼儿们，我并不需要抓捕它们。

我记得那一天，我悠然地坐在石凳上，眼睛盯着河对岸那几棵红得炫目的枫树，身心说不出的惬意。这时孟哈过来了。

"元儿，我要走了。"他说。

"去哪里？"我吃惊地问。

"四海为家吧。我看见你坐在这里的样子，就彻底放心了。"

"我的样子？什么样子？"我迷惑地问道。

"对，就是你的坐姿。同开始的时候相比，你的变化真大！小老弟，我祝你一帆风顺！我不回来了，但我们还会不断听到对方的消息的。"

他背着巨大的旅行袋，健康的年轻的脸上红通通的。他身上的活力感染了我。我很舍不得他离开。

"孟哈，为什么不回来了？常回来看看吧，家乡多美啊。你回来的时候，我总是会在这个地方等你的。即使你不在，我也天天同你对话来着。你感觉到了吗？"

"我当然感觉到了，小老弟！我这就走了，再见！"

他挥了挥手，很快消失在大路拐弯处。

起先我有些惶恐，但我忽然看见水面上有一条很大的红鲤鱼在跳跃，我的心怦怦直跳，连忙起网。

在这美丽的金秋，我终于有了第一次收获——一条七八斤的漂亮的大鱼。我同桶里的鱼儿对视了一下，它让我想起一个人，一个不太熟悉的人。我默默地提起木桶，将鱼儿放回河中。它立刻沉到了河的深处。

"元儿……元儿……"好像是孟哈在呼唤我。

我在心里应和着我的朋友，我激动得坐立不安。确实，不论他在地球上的哪个角落里，我与他不是仍然在频繁地交流吗？此刻我计算出，太阳落山之前，他应该已经到了悠县——那个美丽无比的邻县。

老远就看见妈妈在大门口那里等我。

"元儿，今天有几位老人上我们家来夸你。"她说。

"为了什么事呢？"

"我不太清楚。我猜大概是为了你的工作吧。这次扫墓回来之后，你爹爹和我就决定了很快要移居到南边去，你有什么意见？"

"你俩欢喜就好。我也会高兴。那么，这栋大房子就留给我了？"

"是啊。从你出生的那天起，我和你爹爹就在计划这事。"

"君叔呢？他不会走吧？"

"不会走。他会常来看你。"

现在二老都走了。在大清早，天还没亮时，我背着渔网去扳鱼。

河堤上走过来一位陌生人，到了面前，他停住，轻声地问我：

"有一条大鱼正从远方往这边游，是稀有品种。您打算捕它吗？"

"啊，远方的朋友，"我激动地说，"您觉得我应该如何训练自己的听觉？人的禀赋可以改善吗？"

"您不用训练，您的禀赋将如您所愿。再见！"

我将渔网放下去了。这一次,我听到了它正在往这边游,是一条谨慎的大家伙。半小时后,它入了我的网,然后停留了五分钟,又游到江心去了。它给我的感觉是一位柔情的父亲。

"它们总是这样——来了又去了。这就是那种球形运动。"

说话的是君叔,可我为什么觉得他身上有股陌生的气息?

"君叔,您起得真早啊!"

"有好多年了,我夜里不怎么睡。我们这里总是有夜间娱乐,我舍不得放弃。人生苦短啊,我能不睡觉就不睡觉。"

君叔说完话就消失在黑暗中。四周黑乎乎的,我听见那条大鱼已经游过了桥洞,现在它正在下沉,也许是打算休息了。一群小鱼正在往我这边游,十分钟后它们就进了网,欢快地吃了鱼饵,然后又游走了。哈,其实最欢快的是我!从前我不明白,现在我一下子就感受到了。我可以像孟哈那样捕鱼,我也可以不捕鱼。一想到这里,我就打定了主意要像君叔一样,能不睡觉就不睡。现在小鱼们也远去了,我们这个河段里还有些什么小动物呢?我听到了它们呢喃的声音,但我猜不出它们属于什么种类,它们似乎有很多种。

女 王

一

汪村的人们有一大业余爱好，就是观看女王从他们村里的那条青石板路上经过。女王是回自己家里去，她的家在平原的北边，一片空空荡荡的旷野里。那一幢规模不小的三层木板房是老王年轻时盖起来的，经过多年的风吹雨打，木头已经发黑了，但一点都没有朽烂，还非常结实。老王和王后早就过世了，村里的老人还隐约地记得他们。老王夫妇过世后，汪村的人们就很自然地称他们的独女为女王了。没有人记得清女王的年纪，再说汪村人才不关心像年龄这种事呢。在他们的印象中，女王还不是老人，也不再是青年，最好说她没有年龄。说她没有年龄是比较贴切的。大家都知道女王很骄傲，这从她始终独自住在旷野里的老屋里，不肯搬到村里来就可以看出来。要知道如果她有搬到村里来的意愿，大家都会欢迎她啊。女王住在老屋里，每天去集市上买食品和日常用品，在家门口的一口井里用木桶打水上来，挑回去用。她很有钱，大概是老王给她留下的，所以她不用工作。汪村的一个小孩调皮捣乱，迎着女王喊她"寄生虫"，后来被大人用小树枝猛抽了一顿屁股。小孩家的父母很羞愧，因为他们的孩子没有教养。不过他还小，不至于无可救药，抽他一顿他就会慢慢长大了。汪村人认为每个人都应该懂得女王这个称呼的含义，这种事不能乱来。

那么女王是怎么看待汪村人的呢？这种事却难以言传。人们知道她十分谦和有礼貌，见了人就打招呼，甚至有乐于助人的举动（不过这种时候非常少，因为她没有机会）。但她经过村里时从不停下来同她遇到的人谈话交流。她似乎总是很忙，总是心思在别处。这从她那飘忽的眼神就可以看出来。女王家里从来不锁门。于是有一天，一位小伙子压抑不住好奇心，溜进了她家那宽敞的客厅里。当时女王已经去集市上了。那之后发生了什么呢？什么也没发生。小伙子在女王家待了不到五分钟就一脸惨白地出来了。汪村人都说，这就是女王划下的界限。怎么能像熟人串门一样抬脚就往女王家里走？这年轻人太不知天高地厚，只好自食其果。汪村人并不知道女王的心思，更不知道她怎么看他们，但汪村人生来便有一种严肃的道德感，这种道德感使得他们庄严地保持着他们同女王之间的距离。或许这种自觉是由双方的沟通而产生的？还是受了某种古老的人际关系的规则的启发？据那位小伙子说，女王家里一尘不染，墙上挂着老王的王冠。那些家具和用具虽然都很旧了，但在幽暗中闪烁着威严的光芒。客厅里铺着地毯，摆放着王的宝座。餐室内，一盏巨大的煤气灯摆在长条餐桌上。他一进去就有窒息感，短短的几分钟里他就觉得自己快晕倒了，于是摸索着退了出来。"可怕呀，可怕。"他说。汪村的村民们虽然没有像这个冒失鬼一样闯进过女王的家，但他们听了他的含糊描述都一致点头，因为他们想象中的女王家里正是那个样子。

女王似乎是很勤劳的——有人在黎明看见过她在井边打水；也有人在深夜看见她打着灯笼在旷野里寻草药。汪村人推论，她的工作应该就是维持那幢"王宫"的清洁，还要加上做饭给自己吃。刮风之际总有灰沙，所以房间总需要天天打扫。能够做到让屋里"一尘不染"可不是一件简单的事。说到做饭，汪村人认为女王大概吃得很讲究。这从她饱满的精神、从她采购食材的热情就可以看得出来。有眼尖的人发现，女王最爱吃的是蘑菇、香芹、野猪肉、芥菜和炒花生。人们赞赏地说："多么朴素的爱好！"看来她既重视口味又重视营养。她家的厨房里总散发出好闻的香味。汪村人愿意女王吃得好，休息得好，热爱她的清洁工作和厨艺，他们认为这是她那迷人的风度的源泉。至于女王本人，她当然每天都吃得好，休息得好，也热爱清洁工作和厨艺,但却不是为了有迷人的风度。那么是为了什么呢?这是个谜。

对于时间,女王有两种相反的走极端的态度:一种是极为糊涂,根本搞不清某一天是星期二还是星期四,是某个月的三号还是八号。有的时候,连月份都要弄错。另一种是极为严谨。比如说每一天的某个时辰该干什么、干多久,一个星期的七天如何安排,每个月外出的次数,等等,她都要一丝不苟地遵守自己的规定。她将自己的日常活动像音乐一样连起来,颇为自得地说:"瞧我,如鱼得水。"汪村人不在乎(也许不知道)她在时间上的糊涂,却很欣赏她在时间上的严谨,他们认为这是一种高贵的品质。集市散了时分,他们聚焦在那条路的两旁,看着手表说:"女王还有八分钟就要来了。""还有七分钟……""还有四分钟……"等等。那是何等令人激动的、庄严的时刻啊。女王来了,她挥手向村民们打招呼,两脚生风,一会儿就走得看不见了。她要急着回去削土豆,剥蚕豆,还要生火焖饭。吃完饭、收拾餐桌和厨房之后,还得坐下来写工作日记呢。所谓工作日记,其实就是记录自己当天的活动,以及一些财务账。写工作日记能给女王带来最大的乐趣与满足。写完日记之后,她感到全身放松,体内又被重新注入了活力。因为这项活动太有意思了,所以女王有时故意打断书写,去屋子外面站一站,看看天,然后回到书桌旁继续记录或记账。有一回,当她站在屋外看天时,一只黑色的小鸟落在她的鞋子上,啄了啄她的鞋带又飞走了。那一瞬间,她真切地感到受宠若惊!当她刻意延长自己的快乐之际,上天又慷慨地赐予了她更大的快乐。与此相对的是,她的王宫里没有日历,她也从不在集市上买日历。她有一个半导体收音机,她用它收听世界上的信息。这个小匣子会告诉女王今天是几月几号,是哪一年。女王半心半意地听着,过几分钟就忘得干干净净。也许她的时间太精彩了,无暇顾及另一种区分吧。要知道记完日记,她就得清扫卧房里的地毯了,那是一项多么惬意的活动啊。除了清扫地毯,还有擦拭煤气灯也是她青睐的活动。每次她都将那玻璃罩子擦得干干净净,直到可以照见自己的面容。于是她看着玻璃罩子轻轻地说:"我正在变老……"她说这话时心里升起一阵喜悦之情。这也是旁人所难以理解的。为什么高兴?因为越来越经验丰富,做事越来越有定准,离父王和王后也越来越近了啊。

人们认为老王其实就是汪村人。甚至有人说他原先的职业是磨刀工。后来他就同村里的人们拉开了距离,独自在旷野里盖了那栋大屋,并且自称为王了。老王同一位外乡的姑娘结为了夫妻。至于他们夫妻后来是怎么发财致富的,村里人都不知道其中的细节。老人们都说那两人外出半年回来之后就发财了。其实大家并不关心他发财的事,只是于不知不觉中,每个人都从心底对老王肃然起敬了。"他是我们的王啊。"人们常常几乎是噙着泪说出这句话。没有人暗示过众人这个人是王，但众人就是发自内心将他看作他们的王，并且就因为这种朴素的感情，在老王与王后在短短的时间内相继去世后，大家就很自然地称这位女儿为女王了。女王实在太像她父亲了！虽没有磨刀的手艺，可她的一举一动的气派，还有那种明察秋毫的目光，同那位老王相比可以说是"青出于蓝而胜于蓝"。一位将王宫打理得井井有条、做事从容不迫、自强自立的女王，难道还不值得汪村人崇敬吗？有人注意到，他们对她的崇敬甚至超出了老王！就是因为女王在，那处在云端里似的王宫才有了人间烟火的味道啊。只要有人碰巧从那木屋旁经过，他就能说出女王当天吃的是什么菜。那饭菜的香味让汪村人垂涎欲滴。他们不能设想如果女王不在了，王宫会变成什么样。既然不能设想就不去设想吧，女王应该是不朽的。也许这是她同老王的区别？汪村人不想深究这些事，他们发自内心崇敬女王，喜欢他们自己的（当然是！）女王，这就够了。嘿，看看女王那轻巧的脚步吧，称之为"健步如飞"也不为过啊。

　　名叫鼓的小伙子深夜在"荒滩"遇见了女王。鼓是因为忽然头痛欲裂才去外面疯走的。荒滩是碎石滩，方圆好几里草木不生。不过它深夜在月光下看起来倒是很美的——一片银光闪闪。鼓绝望地用手捶打着脑袋沿着荒滩走，忽然就看见了女王。身着白裙的女王真是飘飘欲仙。他离她至少有两百米远。鼓在这样的夜里生出了幻觉，好像自己来到了月球上。他立刻忘记了自己的头痛,想追上女王,去同她说话——这可是难得遇到的机会。他加快了脚步。但不知为什么,他追不上女王。到后来他干脆迈开脚步跑了起来,可还是追不上。女王也在跑,白裙子被风吹起,像一片船帆一样沿着荒滩边移动。"嗨,嗨——"鼓口中喊着,跑得越来越快。但女王跑得更快,一会儿她就不见踪影了。鼓停了下来,茫然地四顾,眼前却只有一片银光。女王能到哪里去?莫非她钻进了地里?这时鼓才记起来,他的头痛发作已经好了。他激动地回忆刚才的一幕,再一次恋恋不舍地打量那些金刚钻一般的碎石,在心里暗暗地发誓:明天夜里还要到这里来。第二天夜里,他的头痛病没有发作,他待父母一睡下就从家中溜出来了。那天夜里没有月亮,他走了好久的夜路,凭记忆找到了那片荒滩。他站在荒滩边上,到处都是黑乎乎的,多么罕见的荒凉啊,简直恐怖。他不是胆小鬼,可他也不愿在这里停留了,没有女王的荒滩简直是地狱。回家的路更为漫长,尽管他走得很快,到家时天已经亮了。他记得路上有个戴斗笠的人问他:"走运了吗?"他慌乱地回答:"算是走运了吧……"当时那么黑,他没有看见那人的脸。鼓不甘心,后来又陆续去过几次荒滩。但每次都是黑乎乎的,不堪回首。他将自己的遭遇讲给密叔听,密叔沉默了半晌才说:"别去那里了。""为什么呢?"鼓追问道。"你自己不想去。再说女王不是已经在你心中了吗?鼓,你要自强!"于是鼓对密叔满心都是感激。好多年过去后，鼓仍然对那个夜晚历历在目。他在白天里到过荒滩，捡了一些碎石头带回来。那些石头的颜色很沉闷，绝对不能发光。但鼓爱这些石头，他用手摩挲着它们，对它们讲那天夜里发生的事。

汪村的几位长辈听了鼓的经历之后，私下里有过一些议论，不过他们都不愿意将议论的内容公开。他们微笑着对鼓说道："鼓，你的运气真好啊，那天夜里女王是在赶去同她的父母会合呢。""你们怎么知道呢？"鼓惊奇地问。"这种事我们总是提前知道一点的。"老人们既为女王担忧，又为女王高兴。毕竟，她同家人团圆了。可是深夜里如此地耗费体力，会不会损害她的健康呢？要知道第二天的清晨她又出现在井边了啊。这些老人们都听他们的上辈人说过，老王夫妇葬在荒滩的"那一边"，而且是他们自己选好的墓地。可"那一边"是哪一边？谁也没去过，除了女王。那里应是一个遥远的所在，有许多金合欢树的处所。当鼓将他的消息传播给村人们后，村人们就更加仔细地观察了女王几天。他们的感觉是，那几天里头，女王显得更有精神了，而且她在王宫里放老唱片，都是一些进行曲。看来老王的精神始终在激励着女王，让她将王宫打理得生气勃勃。在汪村，没有比王宫更大更庄严的精神寄托了。就连放羊的小孩，他们的目光也总是朝着平原上的那个方向。

的确，女王在那个不同凡响的夜里通宵未眠，她从荒滩的"那一边"回来之后，用井水洗了脸，便坐在书桌边开始写她的工作日记。她的记录是很晦涩的，比如"石头三块"，"一道坎"，"儿歌阵阵"，"发信号"，等等。还有一些可以猜到其意思的，比如"十分钟两里路"，"半小时十里路"，等等，大概是指她自己那天行路的速度。她在写工作日记时非常投入，双颊绯红，眼珠闪亮，面相犹如少女。写完工作日记，她在房里踱步五分钟，想起了那位名叫鼓的少年。女王似乎知道他跑到荒滩上来的原因。她想，少年将会如何安排他今后的生活呢？那些消失的钻石会在有一天砸碎他的生活，还是会变成他手中的魔方？她丝毫不为他担心，他的追赶已表明了他的意志。然后女王的思路又转到了现实中的王宫——燕子在屋檐下筑巢了，这还是第一次。这令她振奋。

二

自从几年前汪村的小伙子闯进女王家，被那里头的氛围吓得跑出来以后，就没有听到有其他人去过女王家了。因为大家都认为那是一种冒犯。然而奇怪的事情发生了。有一位小女孩，名叫朱朱，同她妈妈去赶集。集市上人头攒动，粗心的妈妈不知怎么就让朱朱走丢了。朱朱在一担土豆旁等了好一会，仍然没看到妈妈，于是决定独自回家。她凭着记忆往回家的路上走，越走路边的景物就越陌生。直到走到了一幢很大的木屋前，她才停下来。她想，也许她该进去问问屋里的人去汪村该怎么走。

她进去了,但屋里并没有人。朱朱兴致勃勃地爬上长条餐桌,摆弄了好半天煤气灯。后来她又参观客厅,她觉得墙上挂的那两幅肖像和那顶王冠不太好看,那三只瓷花瓶也太大,她够不着。这时她猛然发现了隐蔽在大柜后面的小楼梯。朱朱蹑手蹑脚地爬楼梯时,听见自己的心在怦怦地跳。他们会不会将她当小偷抓起来?万一他们来抓她,她就说自己是去找妈妈吧。可他们会相信她的话吗?她爬到了二楼。同拥有众多房间的、宽敞的一楼不同,二楼只有一间敞开房门的、黑黢黢的房间,房间旁边是一道几乎是直立的窄楼梯。朱朱走进房间,就听见一个女人在问:

"小姑娘,你是怎么上来的?"

"我不记得了。我是找我妈妈……"朱朱慌乱地回答。

"你不记路?这个习惯可不好。"女人似乎不高兴了。

"我、我要改。阿姨,我记起来了,我是从旁边另外那架楼梯上来的。现在我可以下去了吗?"

"不,你现在不能回去。你到我面前来。"

朱朱试探着往前迈步,一脚踩在那女人的脚背上。她感到毛骨悚然,就哭起来了。

女人将她抱起,让她坐在她的膝头上,说:

"不要哭嘛,瞧我们的朱朱多么勇敢!"

"您是谁?"朱朱一边擦眼泪一边问。

"我是女王啊,你听说过了吧?"

"女王，您好。我要怎样才能看见您？"

女王坐的是转椅。她朝另一个方向一转，朱朱就看见了深蓝色的天空里的那条银河。朱朱发现女王和她是坐在半空中。但她还是看不见女王的脸。女王怂恿朱朱往下跳，朱朱害怕，死死地抓住女王的裙子不放。女王发怒了，她一起身就将女孩甩了出去。朱朱听见自己扑通一声落在水里，她游了几下"狗爬式"，居然到了岸边。这时她隐约听到女王的喊声："那就是银河啊……"

朱朱认出了村里那条小河，她看见她妈妈朝她跑来了。她妈妈抱起她又哭又笑。

"我看见了女王！"朱朱自豪地说，"她抱着我，我差点就到了天上的银河。那时我要是不害怕就好了……"

她们回到家，家里挤了一屋子人，都想听朱朱讲关于女王家里的情况。朱朱被后悔的情绪笼罩着，开口说了半句话：

"那时我要是不害怕就好……"

然后她就嘴一咧，大哭起来。

"这孩子，怎么回事……"

"被女王吓着了。"

"女王亲授玄机，姑娘真有运气。"

"这孩子天性贪婪……"

大家七嘴八舌地议论着，感到没趣，很快就散去了。

众人一离去，朱朱立刻止了哭，看着窗户，居然发出一声冷笑。

"朱朱笑什么啊？"妈妈诧异地问道。

"他们瞎问一气！这种事怎么能问别人呢？我永远也不会说的。妈妈，我也不会告诉您，您不会怪我吧？"

"妈妈不怪朱朱。妈妈也后悔极了——让朱朱走丢了。不过好像这一走丢，朱朱就长大了。他们说你贪婪，我听了反而高兴。一个不贪婪的小孩多没趣，这是夸奖朱朱啊。"妈妈说着就笑了。

朱朱换下湿衣服，梳好小辫。她不再后悔了。她暗想，她还会有机会的，很多很多机会。女王的家并不难找。

关于女王的夜间活动，有各种各样的猜测，也有各种各样的兆头被汪村人注意到。每个人，无一例外，都认为女王的那种活动是非常重要的。想想看，就在离村子不远的地方，一位女王在奔跑！并且她就是汪村人的女王！这种事虽然并不蹊跷，它象征了汪村人内心热力的迸发，但汪村人并不满足于表面地看待一件事——他们是喜欢钻研的人们。不去刻意追随她是大家的原则，可这并不意味着不期而遇的幸福瞬间也要受到谴责。那种不期而遇是受到认可的，因为那几乎就像命运。旷野里的老王宫是个模糊的概念，那地方离得远，周边环境也比较凄凉，不管怎么说，那是只适合女王住的地方，汪村人才不会狂妄到要去拜访女王的地步呢。

可并非刻意的夜间拜访的确发生过了。它是由汪村的寡妇珍实现的。那是个迷人的秋天的夜晚,在那个迷人的夜晚珍却同寄住在她家的相好大吵了一架,继而气冲冲地在野外疯走。她不认路,既看不见蝙蝠的劲舞,也听不到夜鸟的歌唱,因为世界猛地一下就从她的眼前消失了。她之所以疯走,是因为她还感觉得到体内的那股动力。她不在乎迷路,或者迷路正好,反正她也不想回家了,走到哪里算哪里,被狼吃了也无悔!

黑暗中珍的额头"咚"的一声碰在一堵木板墙上,她痛得差点晕过去了。她还以为末日来临了呢。好一会儿过去,她才逐渐地恢复了知觉。她发现自己坐在地上。那大门"吱呀"一声开了。

"您是来拜访我的吗?"女人的声音沉着地问道。

"是啊,我拜访……"珍含糊地回答。

"那就马上进来!您没听到那些狼的叫声?"她厉声说。

珍努力了两次,还是站不起来。那女人一把将她拖进去,关门的声音惊天动地。

屋子里面什么都看不见。不知为什么,珍立刻感到惬意起来,疯走的冲动已经完全消失了。她感觉到自己坐在一把靠背椅上,她的对面坐着那女人。珍不由自主地轻声说道:

"女王?"

"算是吧。"对方的声音中透出嘲弄。

"我并不是有意地来打扰您的。"

"反正你已经打扰了嘛。你估计得很对,我并不需要别人来同我做伴。不过我倒是好为人师,这是我的弱点。你的问题很容易解决,我马上就来帮你解决。"

珍大吃一惊,她等待着,她要看看女王如何样来解决自己的问题。但大约十分钟过去了,坐在对面的女王没有弄出任何响动;又是十分钟过去了,对面还是没有响动。珍变得很不耐烦,她耐着性子又等了一会儿,终于试探性地伸出手,往那黑乎乎的对面的空间捞了几下。但她什么都没捞到。于是她站起来往对面走过去,她没遇到任何障碍,因为女王根本就不在那里。可是她刚才明明坐在她对面啊。

"女王!"她叫道。

她的声音很阴森,回荡在高而空的房间里,她的背上在出冷汗。有个东西绊住了她的脚,她又一次坐在了地上,右手抓住了那个东西。好像是蛇!蛇咬了她,然后挣脱了她,沙沙地溜走了。她感到手背迅速地肿大起来。也许她快死了?

"女王,救救我!我要死了!!"她大喊,并且喊了又喊。

将喉咙都喊嘶了之后,她终于知道了,这里没人能救她。

她必须自救。她忍着痛去找那扇门,一会儿就摸到了门。她推了推,那门纹丝不动,显然被从外面闩上了。折腾了这一通,她的精力已耗尽了。更糟糕的是,恐惧的浪潮向她袭来,因为她感觉到毒汁正在她体内蔓延。

"不!"她大声说。

她在生活中不是一个容易屈服的人。尽管如此，她仍然觉得自己的那一声"不"很单薄，很弱小，比蚊子叫强不了多少。于是她开始踢门。她想，既然自己还能踢门，就不会死吧？然而每一脚都像踢在棉花上，既没有响声，也感觉不到反作用力。

"珍啊珍……"她的相好在暗处说，声音显得很滑稽。

"呸！你来这里干吗？"珍冲着那暗处吼道。

"我是在你家里啊。"

珍皱着眉头开始思考。难道她的家搬到王宫里来了？还是王宫变成了她的家？刚才女王不是明明坐在她对面吗？她不是马上要来帮她"解决问题"吗？她的问题是什么性质的问题？当她想到这里时，她的"问题"就在她眼前展开了，她看见了一个无底深渊。她当然不愿意掉进深渊，可她也不愿马上离开它。她手上的伤口似乎在提醒她说，没有什么可以选择的了。那只手肿得像馒头。

珍莫名其妙地扑哧一笑，又冲着暗处说道：

"流黑（相好的名字），你把灯打开吧。"

这一次，她等了好久都没有回应。珍感到一种内在的麻木已经从心脏那里开始蔓延了。可为什么她的体力，还有她的意识一点都没有丧失？这种类型的死真可怕啊。

珍开始走动，她走两步又踢一脚。随着她的乱踢，一阵一阵地响起稀里哗啦的声音，可能有些瓷器被她踢倒了。

她幸灾乐祸地想,她要搞些破坏再死,至少要把可恶的流黑吓一跳。踢了好一阵之后,又觉得不对劲了——怎么老有瓷器被踢翻?是不是流黑在搞恶作剧?一想到这里,搞破坏的热情就消失了。刚好这时她用脚捞到了一把靠背椅,也许是先前坐过的那把。她坐下去之后,就听见了女王在她对面说话。

"你的问题不是已经解决了吗?"她不耐烦地说。

"谢谢您,女王,我也这样想来着。那么,我在王宫里无事可干了,我还是回家吧。"珍说话时感到喉咙发干。

"回家?"女王讥笑地说,"如何回?"

"我不知道——我是不是快死了?"

"这要问你自己嘛。"

女王的最后一句话在空中飘荡着。珍又想踢门了,她朝着假想中的大门踢了又踢,发狂似的。忽然她扑倒在地了。

"流黑,你去死吧!"她诅咒道。

她听见女王在暗笑,与此同时,她摸到了门上的手柄——她自己家的大门。吱呀一声门开了,屋里亮堂堂的,因为已是白天。那些摆设原封未动,她做针线用的绣花荷包放在窗台上,似乎在向她暗示什么。有人敲门,是村长。

"珍啊,听人说你将流黑赶走了?她可是个老实男人。"

"谁在胡说八道?流黑是有急事回老家去了。"

"你这样说我就放心了。我一贯认为,珍是女中豪杰。"

"去去去!你没工作可干吗?来这里磨嘴皮!"

她一把将掩着嘴笑的村长老头推出门外。

外面几只老蛤蟆叫得震天响,是不是要下雨了?

三

女王最近是真的来汪村了,而且常来。这只要从一些人的表情就可以看出来。村长早起没事,便到外面去捡粪,一出门就碰见了衣着光鲜的卖油郎。

"出来这么早,谁会来买香油?"村长嘲弄地问他。

"也不一定非卖不可吧。方便大家啦,心情舒畅啦,昨夜的奇遇啦,等等,都是早起的理由嘛。"卖油郎说道。

"哈哈,奇遇!能说说吗?我爱听。"

"不,不能说。"

"祝你天天有奇遇!"

村长这老狐狸猜出了卖油郎奇遇的内容,因为他已经碰到好几个这种类似的情况了。他知道女王是亲自光临汪村了。她虽然半夜光临,虽然没人真正看见她,但除了是她本人还能是谁?看看傍晚坐在大路边梳头的汪村的丑女荠姐吧,当夕阳照着她的左边的脸颊时,她的半边身体看上去简直是美轮美奂!对,他村长就愿意用"美轮美奂"来形容她。

"荠姐啊,媒人要上门了。"村长讨好地说。

"无所谓!她来过后,我就得到了变美的法宝!村长,您看我现在还用得着媒人吗?"她挑衅地逼近村长老头。

村长连连后退,美女荞的半边身体和脸的侧面太炫目了,他不敢直视。他在心里埋怨:这玩笑也开得太大了。

村长一边想心事一边捡了几堆猪粪和狗屎。他打算回家了。他一转身,看见一身黑衣的女王正站在路当中。但她怎么变成了无头女王?啊,这作风可太凌厉了啊。村长想绕过她走掉。他往左边绕,那黑色的无头人就挡在左边;他往右边绕,她就挡在右边。

"您真是,真是活泼……"村长结结巴巴地说,"我们,我和您,跳舞吧!"

他也不知哪来的勇气,将捡粪的簸箕扔到路边,向女王伸出了粗糙的大手。无头女王一拉住村长的手,村长立刻感到自己像风车一样旋转起来。他听见自己喊了"救命",可是哪里能停下来?他不断地被抛到半空,在那上面划拉着双臂。后来听见一个人说:

"这才是村长老头的本性嘛。"

那人一说了这话村长就掉下来了。他坐在泥地上,屁股跌得很疼。刚才说话的那人问他:

"村长怎么不跳舞了?"

村长就问那人看见女王没有。

"女王?"那人一瞪眼,"我看那是死神!"

"也许吧。刚才我真痛快。可惜她走了。"

"她不走您还能在这里?她对您没兴趣,您的舞姿太难看！"

村长拾起自己的簸箕，往家里走，边走边努力回忆自己刚才的舞姿。他并不自卑，他确信那是女王。

"我今天同女王跳舞了。"一到家村长就告诉了他老婆。

"我的天，我早看出来了。你完全变成另一个人了。"老婆说。

"女王扮演的是死神；我扮演死神的儿子。"

"真来劲。"老婆又说。

他朝老婆伸出手，两人就像风车一样转了起来。啊，多么舒畅啊！村长在半空里想起了什么，有点着急。"粪、粪……"他反复地说道。落地之后，老婆问他跳舞时口中咕噜什么。

村长眼神朦胧，回答："我捡的粪还放在门外呢。昨天夜里你是不是同女王交谈过了？"

村长老婆指了指门外。

村长走过去推开门，看见了地下的王冠。

"将王冠放在寻常百姓的家门口，不合适吧？"

村长弯腰拾起王冠，对着太阳打量它。

"怎么不合适呢？我看我老公戴上它也挺合适。"

老婆说了这话之后就诡秘地一笑。这一表情立刻启发了村长，使他回忆起早上在大路上的遭遇。他想，这就是女王在渗透到他们的生活中啊。她可不是来做客的。她决不会待在汪村，也决不会离开，这有多么奇妙。从前老王去世之际发生过一次渗透,但今天的汪村人已不记得那件事了。村长的母亲对他讲述过:"那种夜晚,天上的星星发黑,地火烧出了地壳……"因为并没有发生真实的灾难,所以大家都抱一种等待的态度。

村长将王冠放在家里的大柜中后,听见柜里有爆出小火花的声音。"瞧她多么信任我们!"老婆对他耳语道。"毕竟,她是我们自己的女王啊!"他也耳语道。

两人都有点疯疯癫癫的形态,在大柜前走来走去,不忍离开。

"村长!村长……"

那人站在门外喊了又喊。他大概三十来岁。

村长脸一沉,走了出去。

"你怎么还没走?你不是答应了我吗?"

"我是答应了您要从汪村消失……可昨天夜里——"

"别说了!"村长打断他,"你现在有什么要求?"

"给我一个工作吧。"

"去给我家猪栏出粪吧。干出一身臭汗来!"

"好!"

村长进屋关上门,老婆嗔怪地望着他。

"看着我干吗?年纪轻轻,却当了十一年的厌世者,真丢人。"

经过一段长时间的下决心之后,女王是真的降临汪村了。虽说来到了历史悠久的汪村,她却又不愿意村民们认出她,将她真正当作自己人。她认为如果那样的话,她就会过得很别扭,很没有格调。就在女王的犹犹豫豫之中,她同村民们之间的那种奇特的联系网慢慢形成了。有人认为他自己同女王的联系是直接的,因为他每天都同女王辩论,然后根据辩论得出的结果来指导自己的行动。他简直一天缺少了这种辩论都不行,会感到生活索然无味。当大家问他女王在哪里同他辩论时,这家伙居然带着一群人走进厨房,指着那口熬粥的铁锅说:"这就是她,我们总在厨房里争吵。"人们先是一愣,然后有些明白了,朝他竖起大拇指,说:"好福气。"

　　女王知道她有一大批永不见面的拥戴者。那些人都有各式各样的身体上的残疾,不过他们全都意志坚强。她同这些人的关系属于间接接触。"有时候,间接接触的影响力更大。"她在王宫里这样宣布。她刚一宣布这种情况,就记起了焦二娘这个女人。焦二娘只有一条腿,明年就85岁了,孤零零地生活了一辈子。她就住在豆腐坊的旁边。据说她原先也很会做豆腐,不过现在年老力衰,已经做不动了。那一天女王从集市上回来进村时,夹道欢迎的人群中就有这位独腿的焦二娘。女王早就从眼角看见她了,当时老太太用独腿一跐一跐地显示自己,想要引起女王的注意。女王同很多人都打了招呼,却没有同焦二娘说话。走到老太太面前时,女王仅仅是锐利地瞥了她一眼,然后立刻收回了目光。但就在这闪电般的交流中，两位女性已经结下了世纪的友谊。此后女王便不时得到焦二娘的零星信息，那些信息都是女王在分析当地气候之际顺便推论出来的。比如她知道老太又开始去豆腐坊帮忙了，这就是一个令她欣慰的信息，这个信息让女王在村里窥见了王宫的轮廓。

"焦二奶奶，夜里会见女王了吗？"女孩冰花问她。

"见到了。那个时辰村里的天空真亮！"

"女王美吗？"

"我从来没看清过。"

焦二奶奶确实没看清女王——她的眼睛里长满了白内障。她看见的是一个有好多缺口的月亮。既然她有白内障，为什么先前在村里的大路上又能用目光同女王交流？冰花问焦二奶奶这个问题时，焦二奶奶有点生气地回答："那会儿灵魂出窍了嘛。"

先前冒失地闯进女王家的那位小伙子，名叫岳岳的，他的情况也同焦二娘相似。女王很看重小伙子的这股闯劲，一直在暗中培养他。她认为他会在将来成为汪村扛大梁的英雄。岳岳自从第一次冒险一败涂地，从那空气稀薄的王宫里退出来之后，心里就埋下了好奇与不安的种子。他凭借满腔热血和模糊的记忆，后来又陆续进行了三次闯入王宫的尝试。然而这三次冒险活动的结果一次比一次糟，最后那次连王宫或女王的蛛丝马迹都没找到。平原上出现的是一些蒙古包，无论他走进哪个蒙古包，人们都以一式的冷笑迎接他。不过此时的岳岳已比过去成熟，他不再对古怪的生面孔感到害怕，只是有些尴尬。他向那些人行礼，然后退了出来。藏在暗处的女王看在眼里，喜在心里。

岳岳暗自思忖，会不会是先前的印象发生了变化，将他引上了一条岔路呢？抑或是女王的王宫已经解体，化为了这些蒙古包或猪栏屋？实际上这两种可能性都不坏，甚至还更激起他的好奇心，因为他是地道的汪村人嘛。"女王，王宫……"岳岳念叨着。一念叨，他就听到有女声在背后回应道："岳岳，岳岳……"岳岳觉得回应他的那人一定是女王。他决心进行第四次尝试。

他在荒滩边上狂跑了一阵，甚至跑到了那些砾石的中央。天空阴沉沉的，毛毛细雨将碎石弄得滑溜溜的，而且那些石头看上去色泽晦暗。岳岳对自己说，这是最后一次了，他决不退缩。他在碎石滩上一瘸一拐地奋力前行。

"岳岳，你在练腿功吗？"猫婶同他打招呼。

岳岳抬眼一看，前面就是汪村的那条小道。

"不要乱跑。"猫婶向他做个鬼脸，说，"你要找的东西就在你家里。将那些角角落落的地方都搜一搜吧。"

岳岳知道猫婶是村里的寓言家，她说过的事往往会实现。

岳岳后来没有搜寻家中那些隐蔽处所，他买了几匹黑布将他家的几个窗户都遮起来，坐在家中回忆女王的王宫的模样。他一天想出一个细节，王宫渐渐地在他脑海里变得生动起来了。他最后构想出来的两样道具是金手杖和煤气灯。煤气灯就放在王宫餐厅里的长桌上，金手杖则放在王宫里面房里的那扇门的旁边。岳岳小心地挪开金手杖，慢慢推开那扇门，一步就跨到了外面。他的对面是他家的猪舍，猪在栏里饿得嗷嗷直叫。岳岳一边跑一边喊着："女王！女王……"他冲到自家厨房开始剁猪菜，准备煮猪食。一会儿，他那年轻的脸上就冒出了热气和汗珠。多么好啊，他但愿自己天天有这种奇遇。瞧，女王不是将宫厅里的蜡烛挂在厨房里被柴烟熏黑的墙上了吗？他岳岳是一名普通的乡下青年，却一直被女王惦记……他开始煮猪食了，挥动锅铲的姿势居然有了王者的派头。

"岳岳，岳岳！"有女人在屋里某个地方轻呼。

岳岳的目光变得如同彩虹。

山民张武

　　山民张武住在猴灵山上的张家寨里。张家寨原先有两百多人,是一个靠山吃山的寨子。后来寨子里的人们纷纷下山去城里谋生,寨子就败落了。山民张武成了张家寨的遗物。

　　猴灵山是很清秀的一座山,不但有苍天原生大树,还有常年不断的溪水和一眼灵泉。那时日子虽苦,寨子里的人们却并不觉得苦,因为没有对比。人们下山之后,山寨的环境就恶化了。不但灵泉突然干涸,连溪水也断了流,就好像它们知道人们不再需要它们似的。树还是那些树,倒也未见枯死,它们的根是扎得很深的。所以虽然灵泉消失了,溪水也没有了,从外表看,寨子却并不见得颓败。那些房屋虽小,都是用烧得很好的青砖盖成的,屋顶上的瓦烧得也很到位,少有的结实,并不因风吹雨打而遭到毁坏。每一栋房里的家具都搬空了,房门也没锁好,只是随便用一根筷子插在门栓上。

张武的房子在村头,是父母传给他的,小小的四间房,前面两间,后面两间。挨着后面两间的墙还搭了厨房和柴棚。父母早早因病去世后,张武一个人住在这套房屋里还是比较舒服的。早年张家寨的村民都以为张武会娶一房媳妇,成家立业。可是过了好些年,还没见他有动静。有人做过媒,但没有成功。因为张武生性少言寡语,见人难得一笑,所以大家也不好对这事深究了。他有一位堂兄,堂兄同他的关系是很好的,但别人一问及张武的婚事堂兄就守口如瓶。后来也就无人过问了。直到大迁徙到来,所有的人全下山了,大家碰面时才记起:张武还在猴灵山上住着呢。大家都感到有点蹊跷:忙忙碌碌的怎么就把张武给忘了?

村里人都走光了之后,张家寨就成鬼寨了。不过张武并不害怕。他坐在自己的小屋里思考问题。当天晚上他就做出了不再点灯的决定。做这个决定是因为很长时间以来张武就感到自己的视力正在不断地增强,尤其是到了近期,他在山里走夜路简直毫不费力了。大迁徙之前他之所以还点灯是因为怕人说闲话,现在人都走了,他点灯点给谁看呢?这种鬼寨到了夜里阴森森的,在张武眼里别有风味,如果单单在村头点亮一盏灯,反倒破坏了整体风格,显得有些无趣了。张武想到这里时就搬了个小板凳坐在门口,倾听山风吹过大树的声音。现在他成了真正的寨主,经历了漫长的岁月,他终于等来了这一天。他有些兴奋,再有就是无穷无尽的满足感。张武并非讨厌人们，也并非性情冷漠，也许正好相反。但从童年时代开始，他就有一种向往孤独的倾向。他并不是要与周围的人完全隔离，使自己一个人都看不见，而是总想与人们拉开一定的距离，隔得远远的去观察他们，揣测每一个人的内心。这种活动能给他带来莫大的乐趣。像是为了成全他的特殊爱好，他的父母很早就先后离开了。埋葬父母之后不久，不知为什么，张武感到自己并没离开他们——屋里一切他们的用具和摆设原封未动；不爱说话的他独自一人在家时常同双亲在一块唠唠叨叨；自家菜园里总是栽着父母在世时偏爱的那几种蔬菜；每当生活中将要有什么小变化，老人们就会在梦里提前告诉他……后来他之所以不愿娶媳妇，也是为了维护自己的这种爱好……夜里不点灯真好啊，只有这样才能将周围的事物看得清清楚楚。他将目光扫向天庭，大声说道："今天的北斗七星比哪一天的都要亮。"

现在张武比以前下山的次数多了些，基本上两星期下去一次。除了买些生活用品，将他种的红薯和玉米卖给固定的批发商，他的主要目的是去观察他的邻居们。邻居们大都住在城里的一个叫"城中村"的地方。那块地方有些脏乱，全部是平房，房租很便宜。

张武一进城中村，就将黑色的帽子压得很低，将口罩戴上了。他不愿意邻居们认出他来。他遇见的第一位是一名女性，名叫细蔓的邻家嫂子。细蔓在城里做家政，但并不是住家保姆，所以还得回来为自己也为家人做饭。张武远远地尾随这位嫂子，看见她进了自己的家——那是一间最为破烂的平房，连窗户都没有，就挖个窟窿，钉块透明塑料布。他等了好久才看到细蔓出来倒脏水，就倒在门口的泥地上。她似乎很快活，口里还哼着山歌呢。接下去细蔓的丈夫也出来了。这位丈夫是一名瓦工，他的这门技术目前在城里较受欢迎。他站在门外脏兮兮的泥地上伸了个懒腰，很有气势地大吼了一声；然后又伸懒腰，又大吼一声。此后才得意洋洋地跟在妻子身后进屋去了。

站在远处观看的张武差点笑出了声。

邻居的好情绪感染了张武。他回到山寨，好酒好饭自己招待了自己一番。吃完饭，收拾了屋子，他又搬了小板凳坐在门口看星星了。今天，因为酒醉饭饱，他就打起瞌睡来了。他的头垂到胸前，发出轻轻的鼾声。

"张武老弟！张武老弟！"一个矮人在叫他。

"你是谁？"张武睡眼蒙眬地问。

"我是驼背老七啊。"

"你不是下山了吗？怎么又回来了呢？"

"我在城里马戏团工作，钱赚得不少。可我老放心不下你啊。我听一些寨子里的邻居说，你已经变成了鬼，所以我今天来看个究竟。"

张武哈哈大笑，瞌睡完全没有了。他看见驼背老七正在挨近他，仿佛要把他的脸贴到自己的脸上。张武不习惯这种亲昵，就站了起来。

"我是想看看你到底……"驼背老七讪讪地站开了一点。

"邻居们没说错，我和鬼大概也差不太远了。"张武镇定地说。

在他俩的右边，离开十来米的地方，谁家的窗棂发出受到压抑的、痛苦的呻吟。似乎有一扇窗被缓缓地打开了。

"这里还有人？"驼背老七心惊肉跳地问。

"当然有。你不这样认为吗？"张武低声说。

"我？我还没想过这个问题。你一定是觉得寨子里很有趣吧？不，你不要回答我，我要走了，我没想到寨子里还有别人。现在我什么都不想知道了。"

张武注视着驼背老七消失在那条路的转弯处。他对着空气说道："这个人，终究还是对一件事感到害怕啊。"屋门口的枫树抖动了几下，仿佛对他的话表示赞同。

他走到右边的邻居家，看见他家的窗户紧闭，他伸手推了两下也推不动。这是罗老六家。看来罗老六已经挺过了危机。张武又去摸门栓，他的手一搭上去那门就自动地打开了，还发出了欢快的声音。于是他一脚踏进屋内。

屋子里面已经搬空了。三合土的地面不知为什么坑坑洼洼的，张武踩在地上有种异样的感觉。他想，也许什么事物在向他发出信息？张武好奇地用脚在地上试探着，然后，他在空房里兜了一圈。他看见自己的脚迹发出微弱的光,仔细看就能看出自己走出来的这个圆圈。他又走了两圈,现在地上有三个圈了。张武对自己神奇的能力感到很激动。他又想,也许并不是他有什么神奇的能力,而是罗家的祖先在对他的入侵作出回应?看来这老宅里的祖先很欢迎他的入侵呢。张武一时兴起就跳了几下,他看见每一次他的脚落在地上地上便出现一个很亮的圆,然后他停下,那些圆又慢慢地暗淡了。再去看先前走出来的那三个圈时,那三个圈只剩下了半个圈。"啊。"张武吐出一口气,开始思考这种现象。当他思考之际,窗户外面就有个人影停在那里,也许是在看着他。他走向窗户,那人影就不见了。罗老六这家伙在老宅里设下的是什么样的一种机关?为什么他张武和他生活在寨子里时,这个人从来没表示过对自己有兴趣?难道他也像驼背老七一样,害怕同一件事?张武走出房门,反身将门栓仔细插好。月光照在门上,看起来好像里面什么秘密都没有一样。经历了刚才的怪事,张武感到山上的生活越来越有意思了。如果不是驼背老七用他的举动提醒了自己,他是不会到罗老六家里去的。以前他可从来没有去别人家的习惯。世事变化得多么快啊。那么,是驼背老七帮他打开了另一个世界的大门吗?等着瞧吧。

　　山寨里还有一口深井,里面仍然有水。也许是专为张武留下的?这口井是祖先打出来的,有点远,在枫树林那边。以前寨子里的邻居们很少去这口井打水,嫌它离得太远——

居然离寨子有三四里路！张武是在寨子里的那些井和小溪都干涸了之后，才想起这口井来的。第一次去打水时，他的井绳太短，水桶抵达不了水面。他回到家里，加长了井绳，顺利地挑回了两桶水。啊，这水就像灵泉的水！它令张武留守山寨的自信心高涨。再说挑水是多么令人愉快的劳动啊，他以前为什么不知道呢？张武挑着一担水走出枫树林，来到大路上，他眼前的山雾里隐隐约约地有些陌生的人影在出没。他们会是谁？可能是他的祖先？可能他刚才从井里打水的行动向他们传递了信息？张武感到神清气爽，多么好啊！明天再来打水时，他一定要仔细地听听井里的水响。对了，他还得给他的红薯、玉米，还有蔬菜浇水呢。这样浇灌出来的庄稼和蔬菜，该会是多么美味的食物啊！但愿这眼灵泉永不干涸，为他这个山民存在。

驼背老七来拜访他那次之后，很长时间都没有邻居来过了。张武面带微笑记起了这件事。是不是大家都认为他已是属于另一世界的人了？夜间，在黑暗的山寨里，张武开始热衷于去每一位邻居家里做客。在村尾住着一位名叫角的青年，他非常聪明，会编一种姑娘们爱穿的漂亮的麻鞋。他将鞋子拿到山下的集市去卖，每次都能卖个好价钱。大家都猜测角存了不少钱了。可是一直到大迁徙角都没有娶媳妇成家，那时角已经三十多岁了。张武多年里一直在揣测角用那些钱要干什么。所以角刚一搬走，他就想闯到这位单身汉家中去看看。可他忍了又忍，直到两星期后才鼓起勇气进了角的家门——他担心有暗箭之类的机关。

那门一推就开了，根本没有上栓，好像急着要外人去拜访似的。张武为了给自己壮胆，故意轻佻地吹起了口哨。他刚一吹口哨，就有一大包东西从屋梁上掉下来，砸在他的头上，砸得他的脑袋生痛。他用手电一照，全是百元钞票，用旧报纸包着。张武发出一声怪叫，抱着头跑了出去。他站在远处看着屋子，看了好久，才又战战兢兢地走拢去，从地上捡了一根树棍子将门插好。他在口里叨念着："角，你这个阴毒鬼！你倒好，自己跑掉了，可那东西比暗箭还更伤人啊。"叨念完，他便将耳朵贴到门上去听。他很快就听到屋内有人在疯跑，好像不是在兜圈子，却是跑向一个开阔之地去了。张武内心的恐惧消失了。他想到多年以后，当这位古怪的邻居离开了之时，他才感到了他对自己的爱。但这种爱仍然很阴险，因为一有空闲，他就会琢磨着如何将那一大包钱捡回家，用来多买些好吃的食品和酒。可是他却没有胆量再进那扇门了，因为那房子已属于真正的鬼魅，而不是他张武这样的冒牌货。隔了一天，他又去门上倾听，听了半个小时，门内什么动静也没有。但张武知道，里面的那家伙正严阵以待呢。张武败下阵来，既离不开放不下，又不愿走远，只得将此事丢开一段时间。结果是整整一夜没睡，每隔一小时去门上倾听一阵，弄得自己像疯了一样，最后晕倒在门外。直到早晨的阳光晒在脸上，张武才醒过来。他感到头痛欲裂，他东倒西歪地走回家倒头便睡。

张武后来下山时,在市场看到了角。角正在摊位上卖麻鞋,一些姑娘大嫂围着他的摊位,看来他的生意很红火。

"张武哥!"角叫了他一声,然后做了个鬼脸。

他扔下买卖,让徒弟看着摊位,向张武走了过来。

"角,你赚这么多钱,就不怕夜里被人谋杀?"张武忍不住问他。

"张武哥,你守在寨子里,这事你比我清楚。"他眯缝着眼,似乎在思考,"我并没有钱,我总是一边赚钱一边就扔掉了。这个游戏一旦开了头就收不了手了。你瞧,都这么多年过去了,谁会来谋杀我?那不是白费力气吗?"

"你赚钱没目的吗?"

"当然有目的——为了做游戏嘛。他们说我打麻鞋的技术无人能比。不过张武哥,我也不能同你比。他们说你同寨子里的祖先住在一起了。我想不清是怎么回事。"

"我想当山大王,想了好多年了。"张武说。

"我想起来了,你看人的眼光总是勾勾的。"角回忆道,"这些年里头,你从我们的山寨看出了另一个山寨,对吗?那里面有没有牛魔王呢?"

他们就这样一路攀谈着走到了角的家。角的这个新家不是普通的房子,是一个很深的窑洞,建在山坡下面。张武走进去,看见外面的那一间客房还是很敞亮的。角邀张武进到里面去看看,他说里面一直进去有八间房,包括两间仓库。张武朝里面看去,黑洞洞的,他有点犹豫。角就对他说,你怕什么呢,你在山里不也是黑洞洞的吗?张武说,那是在夜间,到了白天,他异常的眼力就丧失了。

由于角的催促,他只好迈步向里面走去。他担心窑洞里面埋着什么机关。

张武走了两三间房那么远的距离,房子的轮廓就显出来了。那其实并不是窑洞式的房子,而是一个直直的通道。沿通道放着床啦、桌椅啦、柜子啦之类的家具。虽没有光透进来,张武却能看见这些东西。他在心里说,山大王的眼力又回来了。

"前面就是仓库了,你还要看吗?"角问他。

"我想看看,你乐意吗?"

"我倒是乐意,可是你不会害怕?"

"害怕?我怕什么呢?"张武迷惑地说。

角一把将张武推向前,自己却消失在黑暗中了。张武想转身后退,还没走出两步就碰到了墙。他在心里想,糟了,我要闷死在这里面了。不过他倒也不觉得憋闷。通道一直向前延伸,他每走几米远身后又被一堵墙堵死了。这样尝试了几轮之后,张武就在心里推测,大约他可以一直走,走到空旷的外面去吧。通道里到处都是角打出的麻鞋,张武在黑暗中判断,这一堆一堆的麻鞋是十分美丽的。拿在手里掂一掂,他感觉出这些小东西有种极为不安的意味,它们是急于到外面去见世面吗?角所说的害怕,究竟是指的什么?

老过道终于走完了,他没能到达外面的空旷处所,却遇到了前面的那堵墙。现在张武被夹在两堵墙之间了。他有五六个平方米的活动空间,这五六个平方米里既没有麻鞋也没有家具,散发出一股无意义的霉味。他就地坐了一段时间,恐惧终于从心底升起来了。他用力踢了踢墙,墙纹丝不动。"角!角!角……"他喊了又喊,可是他的声音在这个狭窄的地方变得十分细弱,就好像不是他,而是一个濒死的人在喊一样。

张武不再叫喊了,他开始来反思自己到底是哪个环节出了错。在他的回忆里,一切都变得十分模糊了。他记得自己似乎是从山坡边的一个窑洞进到这个通道里来的,一开始角还陪伴着自己。也许那人不是角,竟是牛魔王本人?这个被两头堵死的通道就是他的洞穴?他感到自己的脑力正在减弱,他的思考自动地停止了。但他又没有入梦,只是睁眼躺在浓烈的、无意义的霉味里。这真比死还难受!"我要死了。"他虚弱地说。说完这句话之后,他心底就产生了一股奇怪的冲动:他想笑。他拼尽全力笑了一声,然后又笑了一声。这时他听见了墙的炸裂声,从那裂口有光透进来了。他下意识地想,反正是一死吧。于是近乎疯狂地又笑了一声。这一声笑过之后,墙和通道就不见了,他眼前耸立着猴灵山。山顶已被雾遮蔽,浓雾垂下来,包裹了他的身体。所有的恶心和虚弱的感觉都消失了,他在爬山时甚至感到了幸福,因为他又获得了一位知心好友。从前同这位好友一块住在山上时,他们之间的联系就在暗中建立了,而大迁徙成了他们发展这种联系的契机。他是他的好兄弟,也是他的另一个化身。一想到角在城里所从事的那些神神秘秘的活动,张武就有种满足感,因为他自己也参与了他的活动啊。到底是自己参与他的活动,还是他通过算计参加了自己的活动?想到这里,张武嘻嘻地笑起来。他又记起一件往事。有一次,角在山寨里自家门口打麻鞋,张武隔得远远的观看,满心都是羡慕。过了一会儿,角站了起来朝他吼道:"你看也是白看,你从我这里能看出什么道道来?别浪费时间了!"他傲慢地收起他的活儿进屋去了。张武至今记得当时自己的心里那种羞愧的感觉。也许从那次开始,角就已经同他接上头了。而他自己还不知情,还以为大家一离开,他就成了山大王!山上与山下,如今究竟是谁在支配谁?张武皱起了眉头。

当他回到家中,躺在床上休息时,耳边响起了一些从前没有过的噪音。他判断是邻居们的那些门窗在自动地打开又自动地关上所发出的声音。是他们,可这并不是引诱,是一种逼迫。啊,原来这才是真相!

太阳落山时,邻居老牛从那条路爬上来,张武看着他爬上来的。他爬了一阵又歇很久,仿佛拿不定主意是否要回山寨似的。

"张武啊,我回来收红薯,你欢迎吗?"他问张武。

"欢迎啊。你的红薯种在哪里了啊?"

"到处都是。"他用手胡乱一指,"你看,我还带了二齿锄。"

张武在心里嘀咕:这个人也练就了一双夜猫子眼。

老牛肩着二齿锄在村里转悠了一圈,天就完全黑了。张武发现他并没有去那些荒废的地里挖红薯,却进了他自家的家门。不一会儿,他就在自己家里的地面上挖了起来,那种声音很刺耳。张武想,是想埋一些东西吧,埋什么呢?

张武鼓起勇气走进老牛家,一眼看见老牛已在三合土铺的地上挖出了一个洞。

老牛朝张武嘿嘿地假笑着说:

"没什么好看的,你家里也有啊。"

"这里面是什么?"张武指着洞问老牛。

"你想它是什么就是什么吧。也可能什么都没有。我在这老屋里住了四十多年,不挖一下不甘心啊。老有人在耳边提醒我关于忘记了的古铜钱的事。"

张武在屋里看他挖。看了几分钟,突然一阵眩晕,于是撞撞跌跌地出来了。他听见老牛在里面说:"人的几十年的念想,哪能忘得掉?"

张武想象着老牛在山下过日子的情形,不由得叹道:"那该是多么昏暗的一片心田啊!"难怪他念念不忘这老屋。从前没有对比,所以他也没有这种冲动。

张武吃完晚饭去睡了，老牛还在挖。那一下一下的响声像把张武的脑袋挖空了似的，让他一下子就失去了夜游的欲望。他本想请老牛吃饭，可又觉得他必定会拒绝，于是就放弃了。他在床上翻来覆去，最后终于昏昏沉沉地入梦了。

这一觉就睡到了大天亮。他一醒过来就往老牛家跑。

老牛家的门敞开，老牛不在里面，只有那把锄头扔在洞边。

张武胆战心惊地一步一步挨近去。他只看了一眼那洞就坐到了地上。

那深洞里不是黑暗的，而是被光照亮的。地底下怎么会有光呢？而且洞也没有拐弯，直统统的一目了然，光是从哪里来的？他的感觉是，沿着这个洞一直溜下去，就会溜到外面去，外面应该是一个敞亮的地方。老牛是不是溜下去了呢？他是怎么下去的？张武走向洞口，向着下面喊了一声"老牛"，立刻就有一股气浪向他冲来。他往后用力退，两手在地上胡乱抓。终于退到了门口。

他在门外的地上坐了好久，一直在想那个"外面"是怎么回事，想得头都痛起来了。在世上的有些角落里，人会不会失去方向感呢？真可怕啊。同他相比，老牛是很有英雄气概的。这异想天开的人，现在去同他的古铜钱会合了。

太阳升起来了，空气中弥漫着树叶的味道。谁会知道在这座空山里，有一位寨民老牛消失了呢？张武想，并不是消失了，而是钻出去了，同猴灵山合一了吧。张武有些羡慕他，可也知道自己同他不是一类。他嘴里咕噜道："也许我是最差的？"正在这时张武听到那条路上响起了脚步声。仔细一看，有一个人正在下山。那不是老牛吗？老牛下山时行走的背影显得非常轻松洒脱，完全不像昨天上山时的那种疑虑重重的样子。从那背影上，张武感到了山寨的魅力。山寨里什么都有。

　　张武的睡眠变得很短了。他心里老是放不下一桩模糊的事情。他甚至会刚一睡着就惊跳起来，披上衣服往外跑。寨子里的这些空房子总在开门关门，远不像他独居初期那般寂静了。张家寨只有三户人家姓张，包括张武。听说寨子最初是由姓张的祖先建起来的。后来各地的人渐渐往这里搬，姓氏也变得五花八门。从青年时代起，张武就一直把自己看作寨主，虽然并没有人承认他的寨主地位。大迁徙以后，他趁机在心中任命自己为寨主了，他甚至为这一点而窃喜。可是日子并不平静。不久他就发现了，这空空的寨子里危机四伏。邻居们虽离开了，但他们的阴魂却留在老家，并且时刻都要兴风作浪。除了两户人家姓张，众多的邻居都是外姓人。直到真正离开，这些外姓人才显出了他们无比诡诈的本性。比如老牛和角这样的外姓人，就既让张武头痛不已又让他无比神往，张武感到他们身上那种陌生的能耐远远超出了自己的祖先。

当他夜间在外巡视时，有时会看见一个人影坐在一户人家的屋顶上。

"喂，我刚刚去过你家里，你是从山下回来的吗？"张武朝屋顶喊道。

那人立刻就溜走了，看上去也不像这家人当中的任何一个。应该不是贼，因为没有东西可偷。张武将他设想为一位不愿同他沟通的邻居。

立秋那天来了一位姓胡的老大嫂。她头发花白，面色泛红，眼睛很有神，看来在山下过得很滋润。胡嫂一来就走进张武的家门，一进家门就坐下了。

"张武啊张武，你还记得你老嫂子吗？"

"怎么会不记得啊，他们说你在角的工场做监工，那工作很好啊。"

"你不要这么大声。"胡嫂凑近张武说，"我告诉你，角的市场营销已经转向了，现在我管设计，专门设计给死人穿的那种麻鞋。你瞧，这个人就这么任性，说转向就转向……这下可难住你老嫂子了，因为他的顾客也不是刚死的人，而是很久以前死了的那些。"

"胡嫂，我明白了。所以你来寨子里征求那些人的意见了，对吧？"

"对啊，我就是来干这个的！"胡嫂拍了一下手，显得很激动，"你看我是去坟地里转悠好呢，还是在寨子里转悠好？"

"这个问题提得好。还是在寨子里转悠吧,这是我的经验。"张武想了想说。

"你这包里装的是什么呢?"张武问她。

"还能是什么,当然是麻鞋。我这就走了。我得找个地方藏起来,到夜间再出来工作。张武,你可不要来跟踪我啊。"

胡嫂往一栋屋子后面一拐,就看不见她了。

张武扶着门框回想刚才的事,不由得叹道:"真深奥啊。"这位嫂子不识字,却对自己的工作如此有信心,简直把张武吓了一跳。张武当然不敢去跟踪她——他自惭形秽。惭愧之余,张武又一次为张家寨的幽深黑暗所压倒了。这里的每一位寨民,都像是从远古的乱石堆中跳出来的一样。他们无论是住在山下还是寨子里,都可以自由地同鬼魂打交道。他张武从前怎么没发现这件事呢?张武皱着眉仔细倾听,他又听到了熟悉的开门关门的声音,村头村尾,有很多家。他想,天还没黑下来呢,这位胡嫂的精力该有多么旺盛啊!一个乡下女子,单枪匹马。张武没见过鬼魂,不知道鬼魂的脚是什么样子,也不知她包里的麻鞋又打成了什么样子。他后悔没有要看一看。有一股巨大的空虚感向张武袭来,不过那只是一瞬间,张武很快恢复了镇定。

吃过晚饭,天黑下来时,张武走进了树林。他要在林子里溜达,不回村里,免得胡嫂认为他干扰了她的工作。她的工作!多么微妙的、具有英雄气概的一项工作啊。她和角这样的,才是真正的山大王呢。什么都难不倒他们,他们什么都敢做。张家寨，张家寨，你养育了这么多的英雄，这可是多少年前的那位老张没料到的啊。张武踩着了响尾蛇，他认识这条蛇。蛇默默地滑动，消失在树林深处。张武走了又走，一直走到了山顶，又往下走。他的心情渐渐地舒畅了。他在多年之后，终于进入了这个山寨。这是他和邻居们共同的山寨，每一个人都在这里面留下了宝物。张武现在终于明白了，大迁徙这个转折，是寻宝冲动驱使下的行动啊。

在树林中转悠了一夜，张武天亮之际回到了家中。当他躺在床上入睡之际，便听到了胡嫂下山的脚步声，那是充满了信心的脚步声。也许老嫂子对于每一位祖先的脚的特征都心中有数了。张武在心里衷心地祝福她。

少年鼓手

在我年幼的时候，大约八九岁吧，有一名少年鼓手令我朝思暮想。少年鼓手生着雪白的脸蛋，头发又黑又亮。他走在大队伍前面，鼓声响起来，我感到胸膛里山崩地裂。那时我是什么呢？我是路边的一条蚯蚓，从泥地里钻出来，用没有眼睛的身体凝视着队伍经过打谷场。他不是人，他是仙童。我只不过是一个瘦得皮包骨的小男孩。

五十年过去了，我成了霉干菜，绿色的乡村也变成了拥挤的大城市。从遥远的京城回到家乡，立刻记起了少年鼓手。我住在干燥炎热的旅馆里，夜间难以入眠。后来我干脆来到楼房的平台上歇凉。城市上空看不见星星，就连月亮也很混浊。我在石桌旁坐了一会儿，就看见一个黑影走拢来了。

"先生需要喝点什么吗？我是这里的服务员。"

"不需要。我想向你打听一个人。他姓芦，从前是这里有名的鼓手。"

"您说的是芦伟长啊！"小伙子吃惊地说，"他现在不是鼓手了，他组织了一个乐队，专门替人办丧事。我同他熟，您想找他吗？"

"现在办丧事请乐队的多吗？"我抑制着隐隐的激动问道。

"当然多啊。差不多家家死了人都要请乐队。要不死者多冷清，您想想看！"

服务员说得很认真，但我很难将他的话同这城市的氛围对上号。

"他的手艺是很出名的，城里有几个乐队，都远远比不上他的乐队！我明天下班后带您去他那里吧。他没有结婚，一个人住。大家都认为他很有钱，可他住在贫民区。"

我同服务员小意约好了时间，他就下楼去了。我踱了一会儿步，看见月亮的颜色变成了铁锈红，有股难闻的气味在空气中飘荡着，是什么气味？我猜不出，但它令我的心情有点沉重。从前的少年鼓手总是出现在乡村喜庆的集会上，我奔向那些集会，只为看他。是因为他长相美，大人们才选中了他。

一会儿我就浑身是汗了。我闻到自己身上的汗味同空气中的难闻的气味相似，这让我吃惊。于是我回房间去洗澡。待我换上干净的衣裳后，我突然记起来了：那是刚去世的人的家里独有的味道啊，不久前我的叔叔不是让我领教过了吗?那么,这就是这个城市的味道了。但这个城市却有一个同它的身体不相称的名字:"绿城"。

我把窗户和门都关得紧紧的,免得外面那股气味渗透到房里。这样果然就好多了。是不是最近城里死人的比例特别高?有瘟病流行吗?我忐忑不安地想着这类问题。我眼前浮现出小意为死者担忧的表情——真不可思议啊,绿城的民风!

夜已经深了,我无事可干,只能睡觉。房里没有空调(真奇怪),但熄了灯之后,竟感觉到一丝凉意。是哪里来的风?有一个模模糊糊的声音在天花板那里说:"这就是绿城啊,你明白了吗?"它一遍又一遍地重复,我还是没有明白。但睡意却被它召来了。我的梦里到处是花儿,散发出醉人的香味。并且那个声音还是不时地在梦里响起:"这就是绿城啊……"

虽然做了些梦,但我睡得很好,早晨起来精神饱满。

大厅里吃早饭的人很多,都是些陌生的面孔。我甚至想,芦伟长会不会在他们当中?

我吃了酥饼,喝了牛奶和果汁。我记起了昨夜在楼顶闻到的那股味道,这件事令我有点忧虑。为什么走道里和别的地方都闻不到那股气味呢?厨师过来问我食品的味道如何,我回答说好极了。我想了想,忍不住问这位大胡子:

"你们楼顶的平台上,有小动物在上面活动吗?"

"小动物？有，有的。一些猫儿，会跳进水箱里去自杀……猫儿是最难揣测到它们的想法的动物，您说是吗？"

他忽然爆发出令我毛骨悚然的大笑。然后他想起了什么事，急匆匆地走了。

我呆坐在桌边，我的脸在发烧，脑海里很乱。

坐了好久，我站起来向外走去。

这城市吸引不了我，我不想看它。我钻进一家超市买了些吃的东西，立刻回旅馆了。

虽然从早上起我再没有闻到那股难闻的味儿，我还是将门窗关得死死的。绿城给我的印象好坏参半，我有点害怕出门。

有人敲门了，是另一位服务员，女的。

"先生，您得出去走走。"她的目光在房里溜来溜去，"您多走走，就会喜欢上我们这个城市的。您知道它为什么叫绿城吗？就因为它会给您心里一片绿。"

"它的名字很美。"我机械地说。

"不光是美，它还很实惠。您出去走走就知道了。"

就这样，我莫名其妙地被女服务员催促着出了门。走到干燥的、有点破旧的大街上我才想起，她为什么催我出门？我又为什么顺从这个人？

走了没多远，我想喝茶了，就进了一家茶室。

刚一坐下来，我又隐隐地闻到了那种味道，于是不由得皱了皱眉。

"这里的小动物太多了,您别介意,等一会儿就好了。"女服务员凑在我耳边轻声说道。

"您说什么?"我佯装没听懂。

"就是说那股味啊……只要心里静,它就会消失。"她耐心地解释。

我点了一大壶绿茶,热的。我在心里安慰自己说,这里还是很不错的,茶的味道也很地道。我不是来观光的,我是来寻找儿时的偶像的,一切都很顺利嘛。正如旅馆服务员说的,这里很实惠……一壶茶快喝完时,我的心情就渐渐地好起来了。

茶室里有些男男女女,他们都像猫儿一样安静,溜进来,坐下,很快喝完茶,又溜出去,好像生怕打扰了别人一样。在我住的京城,人们可不是这种做派。这就是给人心里一片绿的意思吗?虽然有点伤感,但我的心里的确静下来了,我感到周围流动着纯净的气流,像昨天夜里入睡时一样。女服务员站在我对面的柜台旁,正在对我微笑,我朝她点点头……我忽然对这座城市产生了好奇心。

今天是阴天,路边的建筑更显过时和刻板,可我还是愿意去小巷走走。我走进一条长长的麻石小巷,路的两边栽着槐树,树上开着朴素的白花,是个清爽的地方。而且这条巷子里没有汽车。

"路小江!路小江!"

天哪,有人在叫我的名字!会是谁?一位来自老家的幽灵吗?

那人气喘吁吁地跑过来了,原来是旅馆的服务员小意。他的脸涨得通红,他说:

"路小江先生,您可把我吓坏了啊!"

"什么事?"我吃了一惊。

"我昨天忘了嘱咐您了,我们这里,不能独自一人在外乱走,尤其不能进这种小巷里来走。因为您是外地人啊!"

"外地人怎么啦?"我心中隐隐地升起一股怒气。

"外地人,意味着不熟悉这里的风俗啊。"

"不熟悉这里的风俗又怎么啦?"我的口气里出现了嘲弄。

"没有什么,没有什么……"他抱歉地说,"是我多虑了。您放松吧,多玩玩。"

他说完就转身回旅馆去了。

这意外的插曲令我紧张起来,我脑海里竟出现了夜晚平台上的猫儿们投水的神秘场景。朝前方望去,远远的那边有一栋灰白色的公馆,有人在三楼"砰"的一声打开窗子,然后又关上了。莫非那人在用望远镜观察我?我回转身来想看我走过的这一段路,又听到有一个人用力关门的声音。我的背上出冷汗了,可我还是硬着头皮继续走,要将这条巷子走到头。现在逃回去不是太滑稽了吗?也不符合我的性情。我旁边忽然就出现了一个袖珍小花园,它从路边窄窄的凹口延伸进去,我看到石桌石凳,还有紫红色的灌木丛。

我问自己：我要不要进去？我在这里也许是外地人，可这里也是我的家乡啊。不熟悉这里的风俗就会出事吗？我怕不怕自己出事？管它呢，总不会要我的命吧。再说那女服务员不是说还会得到实惠吗？

我拐进了小花园，在石桌边坐下了。我坐下后，除了那只站在树下的土狗朝我发出闷闷的吼声之外，倒也没有什么不好的事发生。

面前的这栋房子里一会儿就有了响动。后门开了，一位愁眉苦脸的男子站在那里。他朝我挥了挥手，然后向石桌走来。

"承蒙光临。您喜欢我的家吗？"

"好极了。您的家给远方的客人带来内心的宁静。"我说。

"我父亲去世三天了，今天出殡。我在等芦伟长先生，我生怕出差错……我父亲辛苦了一辈子，我决不能在最后送行的路上出差错。啊，真是煎熬啊！要不是终于请到了芦伟长先生，我很可能已经垮掉了。先生，您认识芦伟长先生吗？"

"我是他的老乡，同他一块长大的。从前他是少年鼓手……他是靠得住的。"

"天哪，竟有这种事！难怪我看见您就感到亲切。您不知道这几天我是怎么过来的，我都变得有点厌世了。我反复问自己：那么好的父亲都死了，我怎么还活着？我觉得，只有芦伟长先生可以安慰我，帮我找出活下去的理由。"

"我也觉得他正是那种人。"我看着他的眼睛说。

"路先生,您说得太好了!谢谢您!我心里轻松多了!"

"怎么,您认识我?"我吃惊地问。

"当然认识。我们这里地方小,任何消息都传得快,像风一样。我得回去陪父亲了,啊,最后一刻了。"

回旅馆的路上,我反复想着刚发生的事。这事对我震动太大了。从前的少年鼓手,现在的芦伟长先生,对于绿城的人们来说,是怎样的一位人物?他居然可以帮人找出活下去的理由!当然,我是相信的,我从前见过他敲鼓的气势,他的能量非同一般。除了这件事之外,还有一件事也给我带来震动,这就是这里的人们对待死去的亲人的态度。他们就好像那人还活着,同活人没什么区别一样。是在绿城的这种氛围中,芦伟长才变成老百姓当中的一位核心人物的吗?我很想去看出殡时的乐队,但那人并不欢迎我,这是他家的私事⋯⋯

我在旅馆的饭厅里吃饭时,服务员小意过来了。

"路先生,我要为今天上午的事道歉。我没想到先生是一位老手,在绿城这种地方游刃有余。我真是狗眼看人低啊。"他说话时眼睛看着地下。

我感到我听不懂他的话,就请他解释一下。

"我觉得,您已经是绿城的老居民了。做丧事那一家的男主人对您印象极好!"

这真太不可思议了，难道绿城到处都是眼睛和耳朵，个人没有任何隐私？

我沉着脸，一言不发地吃饭。

小意仍不离开，用双手撑着餐桌凑近我说：

"晚上七点钟，我在大堂等您啊。"

我点了点头。

下午我不再出门了。我坐在房里发呆。后来我听见走道里有人在争吵，就将房门打开一点伸出头去看。但我只看见一个人，就是早上催我出门的那位女服务员。见我开门，她一蹦就过来了，大声对我说道：

"怎么样，见识了绿城的实惠吧？您的心弦被拨动了吧？我们这里是一个真正的人情世界，不光有花好月圆，还充满了生死离别……"

她还说了些陈词滥调，因为说得太快我没听清。本来她在用抹布抹那扇门，因为说得兴奋连门也不抹了，用双眼瞪着我压低了声音又说：

"今夜平台上有好戏看，您不去看吗？"

我告诉她我要去看一位老朋友，约好了的。

"那也行。您要看的那人很重要。"

"您怎么知道？"

"这种事，小意早就吵得无人不知了。"

我恼怒地关上了房门。尽管对服务员小意印象很不好，可我还是得由他引见去芦伟长家里，现在也没有别的更好的途径。

我在街边的小饭馆吃了晚餐，就来到旅馆大堂等待。不过我不用等，因为小意已经提早等在那里了。

"还是早点动身好，匆匆忙忙的怕出意外。"他说。

"为什么呢？"我感到很不解。

"他不是一般人，他是个不同凡响的人。每次去找他，我就心神不安，东想西想。您当然知道他是什么样的人。"

"我不知道。我只是小的时候见过他。"

"您知道的，别谦虚了。"

我恨不得给这家伙一个耳光。于是我不再开口了。

芦伟长家离旅馆很远，不知为什么又没有公交车可坐。我和小意在扬着灰尘的人行道上匆匆地走了好久，我感到自己就好像是奔赴火葬场一样。偶尔看一眼小意，发现他的表情异常严肃。真见鬼，我们难道是去找他谈论丧葬方面的业务吗？抑或是芦伟长已经成了绿城小民们的精神导师？有种莫名的情绪控制着我，所以我根本顾不上观察城市的夜景——不知不觉已到了夜里。我只记得我们穿过一条街又一条街，而且每条街的外貌都很相似。小意突然拐进了一个大杂院。

这个大杂院的破旧令人吃惊。那几间房子简直不能称作房子，只不过是铁皮乱搭的棚屋，连门都没有。有三位老汉坐在院当中的水泥地那里喝茶。他们看见我和小意后就立刻站了起来。其中的两位回自己的棚屋里去了。

"芦叔叔，他来了。"小意对这位白头发老汉说。

就着棚屋里射出的灯光，我只能分辨出他是白发，看不清他面部的轮廓。

芦伟长邀请我们在小方桌旁坐下。给我们倒了茶。

我听见自己的心在怦怦地跳。为了什么呢？

"客人从远方来看我，我真感动啊。我有种预感，我们是跨世纪的情谊，您说是吗？这太难得了。"他的声音很亲切。

我激动起来，这时我发现小意已经不见了，于是更激动了。

"乐队的功能很强大，很、很能主宰人吧？"我语无伦次地问。

我问了之后又很后悔，但已收不回自己的话。

"您喝茶，请。其实并不是这样。我们有一些音乐，将人带到愉快的往事中的那种。不过我们并不完全依仗音乐。不瞒您说，我们常常连乐器都不带去。并不是人人需要乐器的演奏。做丧事是很微妙的。"

他说着话就挪动椅子，同我靠拢了。他的脸移到了阴影中，我看不清他，我渐渐地将他设想成了童年时代的那个男孩。

"不带乐器？那怎么演奏？"

"就是纯粹的静默吧。我们同主家一块坐在死去的长者旁边，那里有个天然的气场，每个人进入到了那里面，那是很温暖的……当然有的时候也演奏，比如二胡，比如箫。无论奏不奏乐，都很美。当然很美，因为是最后的告别嘛。"

"最重要的是什么呢？"我完全听入了迷。

"哈，那就是彼此间完全的信任嘛。那一组人，包括死者，完全变成了一个人。"

"奇迹啊。"我低声说。

"并不是什么奇迹。我们把这叫'内部事务'。我们往那里一坐，主家就安下心来了。他知道一切都会顺利。长者上路，并不那么悲哀。"他发出古怪的轻笑。

"我明白您的意思了。让我叫您芦哥吧。我没看错人。"

"您是指我从前担任乡村鼓手的事吗？"

"是啊。那时您是我的偶像啊。"

"后来我杀了一个人。"

"为了什么呢？"

"不为什么。大概是因为贪婪吧。我杀了他之后，每天都在想关于他的事，猜测他的心思。从牢里出来后，我就组织了这个乐队。我为什么组织乐队？不瞒您说，是因为我想同从前被我害死的人沟通。我的亲人朋友都认为我疯了，就慢慢地疏远了我。我经常同我的乐队的成员讲我过去的故事，外人都认为我们是走火入魔，所以开始经营的那一年里头还是相当困难的。后来情况就慢慢好转了，因为我们大家齐心协力，团结得像一个人一样，也因为我的初衷在不断地得到实现。"

芦伟长说这通话时站起来走动着，然后他停留在从屋里射过来的光线中了。我忽然就看清了他的面貌，他脸上有很多疤，苍白，完全没有表情，像一个难看的面具。我暗暗地吃惊而又思绪万千。他也觉察到我的情绪，于是离开那道光线，重又隐于晦暗之中。他问我他是不是有点像一个鬼？

"不。芦哥，您就是我自己。我怎么能忘记自己——那个少年鼓手？您一直伴随着我；我也一直在找您。今天我找到了您。我真幸运啊。"

"谢谢您，小路。真欣慰啊。"

他的语气中透出疲倦，我觉得我应该告辞了。可是小意呢？他到哪里去了？没有他，我找不到回旅馆的路。

"小意在屋后同我的老黄狗沟通呢。它的日子快到了，它舍不得我们。"芦哥说。

我绕到屋后，看见小意和狗都躺在一块青石板上。

"我就是送它过桥的那个人，"小意说，"最近一段时间，我一有空就来这里。芦叔白天里业务多，忙不过来。它呀，完全听得懂我的话。"

小意说话时，那只狗就喘着粗气，它大概发不出声音了。小意抚摸着它，喃喃地说道："老黄老黄，我要走了，有客人。你可别独自走了啊，我还要来送你呢。不过你要是太难受，你就让芦叔送你吧。你也可以独自走，像今天早上那个人一样，我和芦叔反正会来向你告别，送你过桥的。你就放心好了。"

小意和我又来到了街上。他的步子变慢了,好像在想什么心事。

"小意,你怎么认识你芦叔的?"我问他。

"一次偶然的机遇,我喜欢上他了。喜欢一个人往往讲不出道理。他非常了不起。这两天里头,您该听到过关于他的传闻了吧?"

"真奇怪,我老是听到关于他的事,他是你们这里的核心人物吗?"

"可以说是吧。这都是因为他的特异功能。要知道,大部分人都经历过亲人的死亡。亲人去世时,我们都会产生那种变态的渴求。比如我,几年前我父亲刚死的时候就是这样,我极度盼望同爹爹沟通。芦叔就有这种本事帮我实现我的愿望。具体详情我也不愿讲了,但我可以告诉您:沟通的确是发生过了。"

小意说到这里时,我们走进了一条没有路灯的小巷,这是我们来的时候没走过的。黑暗中我感到他完全消失了,连脚步声也听不到了。并且我只能隐隐约约地看到小巷上方的天空,其他就什么都看不到了。

"小意,小意……"我小声呼唤他。

我听见我的声音完全变了,变得同我刚死去的叔叔一模一样。我连忙捂住了自己的嘴,暗想道:不好了!

因为是在黑暗中瞎走,我怕撞到什么东西上面受伤,于是伸开手臂想摸到先前看见的小巷右边的那一道墙。摸了十来个回合之后终于摸到了，但多么离奇啊，原来看见的窄窄的小巷竟然是如此地宽广！它给我的感觉像是一个广场。我就这样摸着墙走，也不知道是在往前走呢，还是在绕圈子。

因为恐惧和焦急，我的衣裳都被汗湿透了。这时我看到前方的墙上有一个洞，洞里面透出光来。走到前面，才发现洞的那边坐了一个人，他将很大的笔记本放在膝头上，正在写字。听到我的脚步，他便抬起头来。哈，原来是带袖珍小花园的那栋房子的主人。

"原来是路先生啊！怎么样，喜欢我们绿城吗？"

"非常喜欢。我看出来您家的丧事办得很顺利，为您感到高兴。"我说。

"超出预期地好！我父亲真有福气啊，遇上了芦伟长先生的时代！是的，我一点都没夸张，芦伟长先生就是一个时代。您瞧，我刚才正在一边同父亲对话一边记录。可以说，他老人家同我联系上了，我现在生活得有意味了。这都是芦伟长先生的功劳啊！您回旅馆去？有空请来我家叙谈，随时来，我们可以谈论芦伟长先生。"

告别了这位先生后，我发现自己来到了旅馆附近。

我一进旅馆的大堂就看见小意站在那里，可能他是在等我。

"小意，你刚才撇下我，可把我吓坏了。不过结果却不坏。"我说。

"我并没有撇下您,路先生。同芦叔会面的人常会有短暂的失忆症,那时他们就会看不见周围的事物。我其实一直在您的身边。今夜闷热,您要不要同我去平台上小坐一会?"

"好啊,反正我现在也睡不着。"

我和小意爬上平台,坐在桌旁,喝他带来的两瓶啤酒。今天的事给我刺激太大了,我的脑子里很乱。我又闻到了那股腐败的气味,但我已经不那么反感了,反而有种好奇心。于是我问小意:

"猫儿跳进这里的水箱自杀,那我们喝的不都是尸水吗?"

"您不要那样去理解厨师的话,那只是一个比喻。您想,猫儿是最为洁身自好的小动物,怎么会去污染我们的水箱?您听,这只母猫快生产了,它在叫。"

我果然听到柔弱的、似有似无的叫声飘浮在黑暗中。

"祝贺您。短短两天,您已经成为绿城的居民了。"他轻轻地说。

"从前有一位少年鼓手,他令我心神激荡……"我说。

我觉得我正在说出一个寓言。可是我怎能说出寓言?于是我沉默了。

这一夜,我的梦境更美。

一早我就被小意叫醒了。他匆匆地赶来，让我同他一块去帮芦伟长的忙，因为芦伟长遇到了困难。小意一边走一边告诉我说，是芦叔的一名丧妻的客户要自杀，谁也劝不住，妻子还没火化，他就熬不下去了，将一把刀挥来挥去的。

但是当我们赶到他们的公寓门口时，发现一切都静悄悄的，房里一点声音都没有。我们敲门，敲了老半天没人应，于是紧张起来。小意将门轻轻一推就推开了。我们进屋，穿过客厅，看见芦伟长和他的客户坐在旁边的一间房里下中国象棋，两人都在聚精会神地思考。小意连忙拦住我不让我过去。我俩悄悄地退出房内，站在走廊里。

"没有危险了吧？"我轻声问小意。

"看样子已经风平浪静了。芦叔真是一位大师啊。"小意叹道。

"象棋可以治疗痛苦吗？"

"他是在同他妻子对话呢。"

"啊！"

"只有芦叔能帮人实现同死者的沟通。他的方法是非常独特的，只有他的受益者能够懂得。刚才我一看就心领神会了，但要我叙述究竟如何沟通却很难。那里面有种神奇的氛围，它让我想起从前我同死去的父亲的那次特殊的谈话——当时我知道父亲已经死去了，可这件事并不是我同他谈话的障碍……"

我看见他脸上的表情显示他已进入了久远的回忆之中。

我又溜进屋内，发现那两位仍然在聚精会神地下棋。我溜出来时，这位小意正背对着我，向着窗外的天空发呆。他一点都没听到我的脚步声，也没听到我轻声唤他。

于是我下楼，来到了外面的大街上。

"路先生您好！"有人在背后招呼我。

我回头一看，是带袖珍小花园的那栋房子的主人。

"芦先生让我去帮他的忙，我匆匆赶来，半路上却得到信息，危险已经解除了。当时真是万分危急，可没有芦先生过不去的坎，您说是吗？"

"是啊。"我感慨地不住点头。

"我感到自己生活在这个城市很幸运。您能理解吗？"

"我完全能理解。不过到底是如何沟通的呢？能表达一下吗？"

"可惜不能，太遗憾了。您得参加到这种活动中来，您需要同我们一起来做才能进入。"

"确实遗憾，我晚上就要离开了，不会再有这种机会了。但谁知道呢，也许有一天，我突然就回绿城定居了。这里原来就是我的故乡。"我动情地说道。

"我也觉得您迟早会回来的。我听芦先生说过了您的情况。我问您一件事：您见到那些猫儿了吗？"他眼睛闪亮，热切地问我。

"猫儿？有的。我虽没亲眼见到，但我闻到了，我还听见一只母猫发出的呻吟,她在生产。天哪,那么美妙!"我叹道。

"它们是些精灵,总在传递信息……"

我们谈话时不知不觉地走进了他的袖珍小花园,他进屋为我端来了早餐,我们一块坐下吃起来,一切都那么自然。他指着灌木丛告诉我说,那只土黄猫是他爹爹生前最宠爱的,它脑子里有无数爹爹的故事,它一激动就会来找他诉说。但我并未见到灌木丛那里有黄猫的影子,可能是我的视力太弱,看不见它。他让我仔细听,我又听见了似有似无的、柔弱的叫声。我的眼里一下子充满了泪水。"到处都是……"我一张嘴又要说出一个寓言,但我及时止住了。我说出来的是:"我会很快回到这里。"

我站起来同他告别,他紧紧地握着我的手,一股暖流直冲我的心窝。

旅馆的大堂里坐着小意,他一见我就走过来了。

"我请了假。芦叔让我陪您,他说要让您带着美好的记忆离开。"

"你们已经给了我美好的记忆,这就是我自己的记忆啊。现在我能将少年鼓手的形象同他联系起来了——两个就是一个,对吧?"

他扑哧一笑,调皮地做了个鬼脸。

"我知道您很快要回到这里来了,叶落归根,这个根就是我们的芦叔。"

"多么美啊。我想哭,真不好意思。"

"您不要不好意思,您可以尽情地哭,这是在芦叔的城市里啊。"

我和小意紧紧地握手,然后我回到了房间。

那一夜,我在花海中流连忘返。

我们的阅读世界

　　小三是一名狂热的小说读者。读者小三心怀着雄心——要攀登世界小说的高峰，最好是顶峰。她将这种雄心埋藏在心底已经有好多年了，连她的姐姐都不知道。家里父母更不知道。

　　小三独居在市中心的新华村的一套一居室里，房间不大不小，没什么家具，只有几个书柜比较显眼。书柜里的书并不多，除了两本《中草药药理大全》之外，其他的全部是小说。小三在一家药店做收银员，每月的工资除了基本生活费，剩下的全部用来买书。那时还没有网购，她每到休息日就要去京城最大的那几家书店逛，看看又来了什么新书。只要有看得上眼的她就掏钱买下。不过她读书很不耐烦，有时一本书看了一小半，觉得意义不大，或不够刺激，立刻扔到垃圾桶里。能经受她的考验最后被放进书柜的书还不到她买回来的四分之一，而这四分之一，一般日后又要被她淘汰四分之三以上。她这种习惯的后果是，书柜里的书总是稀稀拉拉地排列着。还有一个书柜空着，里面放了些衣物之类。隔一段时间她就要扔掉几本书。小三很为自己读书的品位感到自豪，她认为她自己具有一流的对于小说的辨别力。她的书柜里有十多本书多年里头一直稳稳地立在那里，这些书她隔一段时间就会去翻阅。它们都是她成年之后又过了好些年才真正鉴别出来的宝贝。

小三的读书时间一般是在星期五和星期六的晚上。她收拾完房间，洗完澡，就坐在书桌旁的围椅里面开始阅读，一般要读到清晨才去睡觉。阅读的内容都是在每天下班回家后，在零零散散的时间里选定的。她认为她的选择是很有原则的，她将小说分都了等级。有的书可以终生阅读，这些书在书柜里占据着它们的位置从不离开；另外一些书是她目前有兴趣的，她还不能确定今后兴趣会衰退呢还是会发生更大的兴趣，这些书在书柜里的地位是未定的；还有个别的书是她难以一下子作出判断，但又隐隐约约地感到她将来会对它们产生兴趣的，她将这些书放在可以终生阅读的那一排书的后面的隐蔽之处，但从未忘却它们的存在；再就是大量的在社会上流行的小说，这些书她读得很快，有时甚至一目十行，之所以读它们为的是磨砺自己的感觉和判断力。最近小三有了很大的进步，居然可以在一小时内就翻阅完一本流行小说了。

一旦坐在围椅里开始那种正式的阅读，小三就进入了节日的氛围。当然小三的节日并不等于身心的放松，而是相反，是一种紧张的敞开，可以说，越紧张，越敞开。那种奇特的快感很难描述，它被小三自负地称为"攀登世界小说的顶峰"。有的作者，在所有的书当中只有一本被小三称为顶峰；还有另外的一些作者，小三搜集到他们的每一部作品，作为系列来阅读。这种深夜的阅读有时像搏斗；有时像破案；有时又像爱人间的密语。更多的时候则是像只身一人去原始森林中探险，对即将发生的情况毫无预感，被弄得很沮丧，要到第二次进入时，这种被动才慢慢地改变，才能最后获得那种"紧张的敞开"。小三是通过自我训练才达到今天的阅读水平的。年纪很轻时，她饥不择食，在各式各样的小说里面穿梭，然后才一点一点地发现了小说中的奥秘。也许是由于她的狂热，她的阅读的进展是很惊人的，人们都感到她因为读书变成了一个性情复杂的人。

　　小说中的奥秘是什么？是像流行侦探小说的那种不够高超的推理？还是故事大王类型的"抖包袱"？小三对这常见的两种都嗤之以鼻，她认为小说中的奥秘就是没有奥秘，就是一切都明明白白地摆在那里，但如果你不具备当一名读者的天分，就会对它无动于衷。她还认为天分当然是天生的成分居多，但有的情况下，热爱和勤奋的操练也可以达到很好的效果。也许她确信自己二者兼备。这样看来小三的好小说的标准应该是像有很深的奥秘但又没有奥秘、像是无解却又有解的那一类吧。她说她的这个标准是通过观察文学史的长河慢慢揣测出来的，至今没有改变。而且她还发现，自从她揣测到这个似是而非、难以真正理解的标准之后，她就对自己的阅读能力更有信心了。近两年来，她将自己的状态称之为"所向无敌"（所向披靡）。正因为心里有这种底气，所以她总是能手捧一本书，从晚间一直坐到第二天清晨，而且不觉得累。

"小三，你那本书借给我读几天吧。"邻居尤工程师又来哀求了。

"我告诉过你了，去图书馆借阅。"

"我去过，他们没有。书店也卖完了。"

"这本书我还要读一遍。我借另一本给你吧。"

"可我就想要读这本。因为你正在读，我要是也读了，我们两位读者就有可能在书里面遇见，进行那种交流。"尤工一本正经地说。

"哈哈哈哈！"小三大笑起来，"你真是一名高超的读者！你都快超过我了。我本来以为没人超过我呢。可暂时不行，这本小说我正开始上路了，不能马上中断，那样的话我就会坐立不安。尤工，你为什么不独辟蹊径呢？"

"独辟蹊径？我这种方法不就是吗？我想通过阅读同一本书的读者去弄清我自己的疑问，这里面没有通道吗？"尤工说到这里便紧皱眉头。

"有通道！有通道！"小三兴奋地叫了起来，"你再耐心等一天吧，我就快读完了。现在我巴不得你也来读它了。"

尤工离开之后，小三就陷入了沉思。实际上，尤工提出了小三多年来一直在思考的问题。与人共读一本高级的小说，不正是她梦寐以求的事吗？她还从来没有过这种体验。这种共读，并不是两人同时看那些句子和章节，而是如尤工刚才所说的，一人读完之后，将那本书交给另一人去读。尤工对她说过，被读过的句子和章节里面有读者的气息，会吸引后来的读者。当然前提是前面那位读者是一位高级读者。当他说这话时，小三还以为尤工在奉承她呢。看来尤工是虔诚地相信这种事的啊。但是她想不出尤工会怎样去从这本书中捕捉她的气息，然后让他自己产生兴趣。不过刚才这事令她颇为得意，她在心里对自己说，这位尤工，真是个稀有动物啊。

奇怪，小三再次开始阅读时，就有一种新情况发生了。现在，书中的句子和章节开始呈现出一种新的面貌和意味，就好像她获得了一种新的眼光一样。这是不是尤工这位读者对她的影响？抑或是她自己作为读者变得更老练深沉了？时不时地，她还听到自己加入了书中的对话，是她平时熟悉的有点男性化的声音。莫非她在说给尤工听？她的本性是好为人师的吗？小三合上书本养了一会儿神。当她再开始阅读时，发现自己还是这种新眼光，似乎从前的读者小三已经隐藏起来了。多么不可思议的变化啊。尤工会在这本书中找到什么呢？

在以往，小三认为读者都是一个一个的，她的与人共读一本书的想法只能是一种设想，也可以说是一种渴望。她还觉得，只要是喜欢读小说的人应该都会有这种渴望，但很少有人严肃地对待这种事。所以一开始，尤工的提议被她拒绝了，她认为这样做不太妥当。现在她的想法有些改变，她想，既然她可以同作者在书中谈话，为什么不能也同另外的读者在书中谈话？比如尤工，比如药店的老朱和小柳，如果他们都来读这本书，他们的声音都出现在书中，那会是一种什么样的情景？小三又继续阅读下去，她的目光变得更为敏锐和深沉了。她对自己的能力惊叹道："奇迹啊奇迹。"

第二天，她在药店下了班。她正打算到街对面去坐公共汽车回小区，同事小柳喊住了她。小柳看着她忸怩地说道：

"小三姐，我听说你在读一本书。"

"哈，你听谁说的？"

"是来店里买药的一位顾客说的。"

"他是姓尤吗？"小三满怀希望地问。

"不，他姓沙。他也是听人说的，这种事传得可快啦。"

"这种事？哪种事？"

小柳含糊地"唔"了一声没有回答。小三觉得她的眼神在躲避自己，于是有点愠怒。她问小柳还有别的事没有，没有她就走了。

小三穿过马路到了街对面时，听到小柳在对她喊话。

"小三姐，我也在读同一本书！"

小三的脸上浮出笑容,在心里骂道:"真是见了鬼了。"

一路上小三都在想这个问题:她的读书的爱好怎么成了一个事件了呢?是因为她读的那本书的独特性还是因为她自己的独特性?如今的世界在怎样地飞速发展啊。这么多年,她都是一个人悄悄地读书,最多也就心不在焉地同尤工谈论几句所读的书(如碰巧他也读了那本书的话),可是现在,突然就成了事件。这件事是如何发展的?是尤工在小题大做吗?他又为什么要传播关于她的读书方面的信息?是从她的利益出发还是为了他自己得好处?她越想脑子里越乱,要不是司机叫她,她就坐过站了。

时间过去了一个多星期,小三已将那件莫名其妙的事抛到了脑后。她在星期五夜间阅读之后,一直睡到中午才醒来。在家里吃完饭,她突然记起刚刚读过的那本书上的广告,那广告表明这本书最近已经出了续集。

小三兴冲冲地去书店买那本续集。

她在书店上楼时被一个人撞了一下,那人连声说对不起。可是小三没摔倒,那人自己反而倒在台阶上。小三想去扶他,他连连摆手说不需要。他是一名四十多岁的中年人。小三在原地站了一会儿,见那人慢慢地恢复了,自己才往楼上走。

她到了熟悉的陈列柜,却没有见到她要的那本书。店员过来告诉她,说那本书一共进了十本,可是刚刚被一个人全部买走了。

"啊!"小三说,又惊异又失望,"为什么一下买十本?"

"好像是小范围的流行吧。"店员回答。她又问小三:"你是从这个楼梯上来的吗?哦!那人刚离开你就上来了,你应该见到他了。他是个很幽默的人,说一句话有好几个意思。"

小三立刻想起了那位中年人,还有他身旁的那个巨大的书包。难怪他跌倒了,那个书包大概非常沉重。

小三下楼时又看见了那位中年人,他坐在长椅上读书。他手里捧的正是那本小三要买的续集。小三同他打招呼,他迷惘地抬起头来。

"您能把这本书转卖给我一本吗?"小三微笑着说。

"您也想读这本书?消息传得真快啊!"他说。

"对不起,您能告诉我是什么消息传得这么快吗?"

"是关于阅读天才的消息!本地出了一名阅读天才,现在大家都想追寻那个人的足迹,到那人读过的小说里去同他相遇。您也要读这本书?喏,这就是,我送给您了。您不知道我送书给别人会获得什么样的快乐——比我亲自阅读还要快乐!您愿意给我这种快乐吗?"

他紧盯着小三的脸,眼里充满了热望。

小三含泪点了点头,接过那本书。

"对不起,我还有一个问题:读者怎么能和别的读者在书中相遇?比如我,我的目光扫过一行文字,我会从那行字里看见另一位读者的脸吗？"

"我向您保证，女士，我有过亲身体验。"

"再见。我一定努力同您在书中相遇。"小三的声音开始发抖。

"一言为定。再见，女士。"

小三回到了家里。她晚上开始读这本新书时，做了一个古怪的决定，就是从书的中间开始她的阅读。她认为这一来，她就会很快发现另一位读者的线索。她坐在围椅里面，旁边放着一杯提神的热茶。她决心战通宵。一开始，书里错综复杂的人物关系和重重叠叠的背景使得她昏头昏脑，都快要失去耐力了，她的眼睛也感到疲倦，可是她心里有个声音鼓励她坚持下去。

她坚持了一个多小时之后，第一条线索出现了，她心中一喜，疲劳立刻减轻了。众多的人物之间的关系开始令她产生兴趣，情节的倾向也开始隐隐约约地有所显现。又过了一个小时，第二条线索出现了，第二条线索似乎同第一条线索没有什么关系，可小三很快发现它们是紧密相联的。"啊！"她心怀喜悦地惊叹道。正要往下读时，有人敲门了。是尤工程师。

"冒昧打扰一下，因为我知道你在读那本续集。"他说。

"你也在读？你从那位中年人那里听到的吧？"小三吃惊地说。

"那位中年人的名字叫良，良是一名阅读狂。你瞧，我的熟人全是这样的人,你后悔同我做邻居了吧?"尤工说话时翻了翻眼。

"为什么后悔?我对你很好奇。你猜一猜看,我同良会不会在这本书里头相遇?如果相遇的话,会在哪一类情节中相遇?"

"我猜你们会在空白处相遇。因为一心不能二用,你不能既顾及那些情节,又顾及情节外面的某位神秘人物。"

"良先生是神秘人物?"

"应该是。就连我,一位普通的读者,不少人都说我神秘。我要回去了。我来你家就是想证实一下你是不是在读这本书。"

尤工离开后,小三的阅读兴致更高了。现在她已经感觉不到疲劳了,她的目光在扫过那些词语和句子的同时,也在房间里扫来扫去。她感到自己的视觉已经不受限制了:书桌啦,床啦,床上的花被子啦,地板啦,墙纸上的图案啦,窗帘啦,等等,全都在意味深长地向她展示某件事。它们过分热切地挤眉弄眼,仿佛要将那件事说出来一样。小三的背后是一面镜子,她知道那里面有她的背影,现在她看见那背影也在挤眉弄眼,尤其在当她读到情节转折之处。"啊,卓卓玛!"小三说出这个名字时声音里出现了哽咽。卓卓玛是小说里的主人公,她正要去完成一桩说不清楚的事业。就在她脑海里出现卓卓玛的形象时,她看到了卓卓玛身后的黑影。不知为什么,她认为那黑影就是赠书给她的良。

"良!"她轻声唤道。她还站了起来,手里捧着书。

但是那黑影消失了,卓卓玛向她露出牙齿。然后卓卓玛也不见了,小三的目光回到句子上,缓缓地向前移动起来。房间里的用具重又向她露出亲切的表情,她甚至闻到了衣柜里的香料的味儿。多么美的句式。小三知道这一切都是因为卓卓玛,她正给她带来超级享受。外面刮着大风,坐在房间里倍感温暖。上一次是读哪本书时外面刮过大风?

一群好友共读一本有趣的书,这该是多么大的享受啊!尤其在不知道好友的身份时,读者与读者之间的这种交流就更有魅力了。小三感到书中的情节里隐藏着一些眼睛,她并没有看到那些眼睛,但她感到了一些亲切的注视。那些人仿佛在说:"是读者小三?您也上这儿来了?我等您等得好苦啊。现在好了,我们都在一起了……"小三听见了这些喃喃低语,她的心里掀起波浪,眼里随之变得潮湿了。"是我,小三。我正要、正要攀登顶峰……"她说不下去了。她看见红头巾的尖角在一个句子后面闪烁了一下,然后就消失了。"等等我!"她有点慌张地在心里喊道。这是一本不一般的书,有火焰在词语底下燃烧。外面的竹林里有鸟儿在叫,难道天亮了吗?时间怎么过得这么快?她才刚读完一个开头,简直荒唐!莫非夜里她一直在这里徘徊,同她的书友捉迷藏?戴红头巾的女友又是谁?

小三站起来,拉开窗帘,看见了外面的曦光。啊,那些戴胜鸟!

她走进厨房,为自己做了早餐。她一边静静地吃早饭,一边微笑着。的确,这个美好的阅读之夜给她带来了不同以往的乐趣。这是怎么可能的?最初又是如何发生的?她感到自己登上了一艘海轮,那上面有些人,但都隐藏着,她将同他们一道远行。她控制了追问的念头,她要敞开自己。

小三的姐姐在敲门,然后进来了。姐姐来得真早啊!

"小三,你在恋爱吗?"姐姐看着她的眼睛问道。

"为什么你要这样认为?"

"昨夜我看到一名男子在广场上向人们大声朗诵一本小说,我忽然记起,那本小说正是你渴望阅读的——《金字塔里面的通道》这本书的续集,对吗?"

"啊,好姐姐,你告诉我,那人是什么样子?"小三急巴巴地问。

"样子?让我想一想,他好像是残疾人,他的衣袖有一只是空的。"

"他是四十多岁的中年人吗?"

"好像更老一些,六十五岁左右吧。"

"哈——我明白了,那就是他。"

"谁?"

"那是第一读者。他将《金字塔里面的通道》这本书的续集全部买走了,我也是从他手上买的。他有多个化身,我也是他的化身之一。"

"小三？"姐姐皱起了眉头。

"我没有说梦话,姐姐,那人有难以形容的魅力。不,我不是说恋爱那种。我是说,当我阅读这本书之际,我不停地与他相遇。"

"竟有这种事!小三,我也想读这本书了,你能借给我吗?"

"暂时不能。你去书店,就会碰见那人。你找他买一本吧。"

"啊,小三,小三!我感到我加入到你们当中来了!或许我该去广场?我看见的是广场上的六十五岁左右的老人啊!"姐姐的眼睛发直了。

"去吧,去吧,祝你好运!"

姐姐走了好久,小三还沉浸在那种美好的境界里。

"这位第一读者,我多么渴望他啊。"她自语道。

她想,有那么多人在渴望他,是不是因为他演示了这本书的内容?当大家还在睡觉之际,太阳就已经从他的窗前升起了。这个幸运儿!小三想要蹦一蹦,她一用力,头顶就触到了天花板,然后就很快地落到了地板上。她没有受伤。她有种预感——姐姐也将出现在这本奇书当中。

离上班还有五分钟,女店员们都站在药店门口叽叽喳喳。小三一听就知道她们在说什么,于是脸上露出了笑容。

"我总想一口气读完它,可这种书是读不完的——这是我的感觉。"

"吴姐,你想错了。为什么要马上读完?这种想法很表面化嘛。要停留,也许用你的整个一生来停留,这样才会其乐无穷啊!"小三对吴姐说道。

小三的话音一落,大家就都拍起手来了。这时店门大开,上班的时间到了,于是大家一拥而入,各就各位。

中午吃饭时,就像约好了似的,女店员们都凑到小三的这一桌来了。小三看见同事们都在挤眉弄眼。

"小三,你是怎么发现这本书的?"阿真腼腆地问。

"那么,你们都认为这本书是我发现的吗?"小三反问道。

"小三就别谦虚了吧,这件事是良先生告诉我们的,还能有错?"吴姐说。

"好,就算是我发现的吧。我在读这本续集之前,我读了前面的那本书。"

"太有意思了!"吴姐说,"我也喜欢前面那本。可是,你又是怎样发现前面那本书的呢?告诉我们!"

"因为——"小三犹豫地说,"我想起来了,是因为我读了《太阳雨》这本书,那里面提供了有关金字塔的某些线索……"

小三还没说完,大家就异口同声地"啊"了一声,然后就不再发问了。小三观察到这些同事们一个个眼神迷离,脸上泛红光,仿佛沉浸在某种激情之中。有两位甚至都忘了吃饭，端着饭碗站在那里。

"小三！小三！"

啊，是经理的大嗓门在叫她呢。她放下碗朝经理走去。

"小三，我有一个问题不知该不该问你。"经理不好意思地说。

"经理，您尽管问吧。是我的工作做得不好？"小三说。

"不，不，你说到哪里去了！你的工作令我很满意。是这样，你如今成了我们医药系统的中流砥柱……"

"我？中流砥柱？"

"是啊，我已经看出来了。你身上有不同凡响的气质。我想问问你，你没有调换工作的计划吧？做收银员很枯燥。"

"您放心，经理，我热爱我的工作——这个工作时间短，又不消耗我的精力，我不觉得它枯燥。"

"哈，谢谢你，亲爱的小三，我喜欢你这样的员工——高素质的。我想，这是因为你热爱文学。不瞒你说，连我这个老东西都找了你的那本书来读了一晚上！那真是本好书！"

那一天，小三走在回家的路上时很有些飘飘然。

西双版纳的风情

我是十五年前来到西双版纳小城的。那个时候这里还没有通客车,我坐在一辆闷罐货车里,坐了一天一夜才到达小城。我下车时天刚亮,其实已经八点钟了,此地天亮得特别迟。

出了货车站便到了街上。街道很窄,两边的房屋很简陋,没有什么特色。有一家米粉店已经开门了,女老板穿着艳丽的筒裙,头发梳得又光又亮。我在街边的餐桌边坐下来。她并不问我,转身到灶边忙碌起来。当我知道她在煮米线时,立刻感觉自己饥肠辘辘。我想,女人不说话,也许是听不懂外地客的官话吧。

没过多久米线就端上桌了。是排骨米线,汤上面还飘着我没见过的香菜,那只白色的瓷碗大得出奇。我觉得我能将这一大碗全吃光。

当我进食之际,老板就坐在店门边的木凳上,漠然地望着街道。街上一个人都没有，大概人们还在睡梦中。这位女老板真勤劳。

"小哥，您的旅馆要从东边岔过去，再往右走一会就到了。"她用官话对我说。

"啊，您全知道，这、这太好了！"我惊奇地看着她。

但她说了那句话之后，表情又变得漠然了，让我感到不便再问她什么话。

我拖着大行李箱往东边的小巷走过去。也许是我弄出的声音很大，有一家人的窗户打开了，那人盯着我看了两眼，又关上了窗户。走了一会儿我就看到了右边的旅馆指示牌，于是往右拐。

"他来了！他来了！"站在街边的小男孩奔跑着去通知那家旅馆。

我站在一栋三层木楼面前了。走进这家名为"听风苑"的旅馆的一楼，我看见到处都有白蚁活动的痕迹。

"你这小鬼，终于还是来了！"老板拍着我的背哈哈大笑，"如果你不来，我也要将那间房为你保留十年！"

"谢谢您，先生。可为什么保留十年？"

"因为你总会来的呀！谁能抵御得了此地的魔力？"

我以为他会要我登记，可他直接背着我的大箱子就上楼了。

我的房间在二楼的尽头，看起来又大又舒适，同房子的破旧形成鲜明的对比。这位老板大概是位会享受的人。

"老板贵姓？"

"严，严厉的严。"

他交代了一些注意事项。其中一项反复强调了三次：无论什么人夜里来敲门都不要开门。"外省的土匪有时来洗劫。"他说。

我关上房门之后，洗了个澡，换上干净衣服，躺到大床上去休息。我什么都没来得及想就睡着了，有点奇怪。但我很快又睡醒了，也不知道是不是真的醒了，神志有几分恍惚。我赫然看见一个瘦子坐在沙发上，那人指着桌上的茶水对我说：

"喝吧，你一定渴了，别客气，喝吧。"

我猛然记起了严老板的叮嘱，就拒绝了他。这人从桌子旁绕到我身边，不由分说地挽起我的手臂，要我到走廊上去看芭蕉叶。"这种绿啊，绿得透心，尤其是阳光斜照的时候……"他唠叨着。

我看了看腕表，才九点。

"你对白蚁的问题如何看？"我听见自己在说，像中了邪一般。

"这个问题提得好！"他兴奋起来，"严老板一贯对白蚁的肆虐视而不见，但这是很大的安全问题，对不对？尤其在刮风的夜里。"

"原来你也是房客！"我放下心来。

"我住在这里有三十年了。那时还没有白蚁，当年的老板是现在这个老板的爹爹。三十年里面发生过很多事。要知道这里是西双版纳城啊。"

这时我才认真地看了看他,发现这张脸六十开外了。

"那个时候,你是来这里工作吗?"我问。

他哈哈一笑,眼睛看着芭蕉叶,说:

"工作?不,外地人在这里都不工作。你必须赚到一大笔钱,然后你又有闲,于是你就来这里定居了。"

他的话在我听来十分刺耳。因为我并没有钱,我是想到这里来找一个贩卖茶叶的工作的。当然,如果有人供我白吃白喝,我也不想工作。但那是很危险的。

这个人想起了一件什么事,懊恼地拍着脑袋说:"该死,该死……"然后就走开去了。他住在三楼。可他是怎么进到我房里来的?

我回到房里,清点我带来的衣物和用具,还有一些现钞,还好,什么都没丢。

下到一楼,我问严老板餐厅的位置。严老板立刻从柜台里面走出来,指点着我进入右边的一个过道。他凑近我,小声说:

"你听着,你啊,不用交餐费。你是穷人,我没说错吧。去吧,爱吃什么随便吃。"

"这、这不太好吧?"我站住不动了,觉得很尴尬。

"去吧去吧,没什么不好!"他将我往餐厅里推。

我在餐桌边坐下了。我看见他和厨师在耳语。我心里想,也许严老板将我看作乞丐一类的人了？就在刚才，那三楼的房客还说要一大笔钱才可以住在这种地方啊。我只交了三天房费，他会不会以后多扣我的房费？严老板同厨师嘀咕完了，又走到我面前，将声音压得更低地说：

"你啊，爱住多久就住多久，不用再交房费了。"

"啊？"我吃惊得合不拢嘴。

他一摆手走出了餐厅。现在我全身都紧张起来了，我在微微发抖。

这个旅馆是我的表哥介绍的，他说是历史悠久的老店，价钱公道……

一会儿菜端上来了，一共三菜一汤，简直太奢侈了！

我吃完了，厨师走过来问：

"味道怎么样？"

"非常好，可以说是美食。谢谢您啊，大师傅。"

"你得吃好一些，在西双版纳生活不容易。"他盯着我的脸认真地说。

"可是你们对我这么好，我成了个不劳而获的懒汉了。"我困惑地说。

"你是指餐费？这算不了什么。在此地，餐费房费是最小最小的事。"

我走到街上时还在想，厨师话里有话啊，什么事才是这里的大事呢？我想起了旅馆房子里的白蚁的事——会不会这房子早就成了危房了？这里面有没有什么违法的事？

可是严老板对我这么好，我不忍心猜疑他。我问了路，想去茶庄，我不想在旅馆里白吃白喝。那人告诉我茶庄都在澜沧江边，于是我就往江边走。

"搞批发？不搞。"茶庄老板将头摇得像拨浪鼓一样，"我们的茶都是自产自销。我们西双版纳是自给自足的小城。"

我一连问了七八个茶庄，都是同样的答复。我一下子泄气了，回想起表哥在我家里那种信心满满的样子，感叹世事变化之快。

最后那个茶庄是一位白发老太太在经营。她问我：

"小哥是来这里找工作的吗？"

我说是的。

"傻孩子，你有福不会享！西双版纳是享乐之城啊。"她笑嘻嘻地说。

我蒙了，不知道她的话是什么意思。

"听不懂吗？到处遛遛就懂了。"她用手臂画了个大圈，"先去河堤上吧。"

我晕头晕脑地走在河堤上。澜沧江像一条玉带，但我没有心思欣赏它的美。

"岸上的小哥，请你上船来帮个忙好不好？"

喊话的是个女孩子，她在一条很新的大木船上。我一边答应一边从堤上走下去。然后走上跳板，来到了甲板上。

"是我的哥哥，"女孩凑近我说，"他从前自杀过两次了，现在他又要自杀。为了什么？真可怕啊。"她捂着胸口，像刚刚吞下了一块冰似的,浑身发抖了。

在船舱里,那位青年赤裸着上身,正用一把匕首朝自己胸口比划着。看见我进去,他便朝我尴尬地笑了笑。

"想不想尝试一下?"他问我。

"不。"我说。

"为什么不?这里是西双版纳,你不知道吗?"

"我胆小。"

"胆小也不妨碍你尝试。"

"我没有死的欲望。"

"你当然没有。我也一样。可是在这里,在我们的西双版纳的开放的氛围里,人人都有做实验的冲动。你看这匕首多么美,要是沾上血是什么样子?"他举起匕首,晃来晃去的。

我觉得这人在做戏,就打算离开。我刚走下跳板那女孩就发出了凄厉的尖叫。

我连忙回头冲进了船舱。那把匕首插在他肩部,并不是要害处。他倒在地上,但他的眼睛在笑。多么美的青年,眼睛像两朵花一样。我走过去将匕首抽出来,伤口却并不流血。他妹妹捂着脸在抽泣。

"你啊,干得很出色。"我低声说。

我逃出了船舱。那位妹妹在我身后尖叫:

"你这个奸贼,胆小鬼!你今天夜里会被人刺杀!"

我跑上河堤,又从河堤上冲下去,到了街上。这是那些茶庄所在的街。

白发老太太从店里走出来，亲切地将一只手搭上我的肩，问我：

"小哥，享福了吧？体验如何？"

"您老是从外地来这里的吗？"我反问她。

"是又怎么样？几十年了，我早就本地化了。"

"那么我，能不能加入你们的茶叶生意？能不能让我做个帮手？"

"不能。你得按部就班行事。别想一步登天。"她傲慢地说。

我沮丧地经过那些茶庄往回去的路上走。每一家茶庄的老板都从他们店里走出来，好奇地打量我。难道我真有什么特别的地方？

今天是我住在"听风苑"旅馆的第四天了。我仍旧在旅馆里白吃白喝，我去找严老板交房费，被他严词拒绝了。他说：

"你是耐不住寂寞了吗？那么你可以回去啊。当初你来这里不是下了大决心吗？抑或现在你断定这里不是你心目中的理想之地？"

我能说什么呢？我不大明白他的话里的意思，于是只好讪讪地走开。

太阳忽然一下变得暴烈了，听说一年里大部分时间都是这样。白天里我仍在小城里溜达。幸亏这里树很多,不然我会被晒脱一层皮。

有一天,我被躺在树荫下的吊床上读书的姑娘喊住了。

"小哥,你不就是那天早上来吃米线的那位吗?我妈对你印象不错。"她说。

"哈,你看见我了?当时你在后面房里,对吧?"我兴奋起来。

"当时你的模样真帅!你富有骑士风度。"她放下书本站了起来。

"这我倒没想到。我当时累坏了,狼狈不堪。"

"你需要我帮忙吗,小哥?我叫环。"她大大方方地说。

"啊,环,太好听了!我太需要帮忙了。我需要一份工作,我要养活自己,你知道的,我是男的,男人怎么能不去工作,整日闲逛?"我红着脸说。

"原来是这个啊。"她热切的表情冷淡下来了,"为什么你要为这种事操心?"

"那你说说看,我该为什么事操心?哦,我忘了告诉你,我叫鱼儿。"

"我们这里的男人都是冒险家。"她似乎又提起了兴致,"你说不定已经知道了吧,鱼儿?刚才我看见你从街那头走过来,我还以为你在追寻那种事呢!你的眼神很特别——哪里都不看。鱼儿,我刚才也说了,你有骑士风度。但愿我没看走眼。"

这位姑娘非常漂亮，充满了热带风情。我的心乱了。

"那你说说看，我该怎样去追寻那种、那种事？我脑子里一点计划都没有。"

她听了我的话就笑起来，说：

"为什么要计划？计划一点儿用处都没有。鱼儿，你听好了：夜里两点钟，此地见。我带你去破庙。"她说话时笑眯眯地看着我。

"行！我夜里再到这里来。"

环朝我送了一个媚眼，然后躺回她的吊床上去了。

太阳已经西斜，我得赶紧回旅馆休息。

吃饭时，严老板也过来了，我们坐在一桌吃。

"鱼儿小哥，今天收获如何？"他亲切地问我。

"有收获。可我还没上路。"我愁苦地说。

"我看你已经在上路了嘛，为什么那么悲观？要知道住在'听风苑'的客人都是很乐观的。瞧我们这里的环境多么好——屋前的芭蕉树日日夜夜送来阴凉。"

吃完饭，梳洗了一番，我就在床上躺下了。我打算夜里一点半起来。这时门忽然开了，三楼的房客像鱼一样游进来。

"奇怪，请问你是如何进来的？"我问他。

"如何进来的？因为我有钥匙啊。"他大声回答。

他竟然有我房间的钥匙！我气炸了，一下子坐起来，问他：

"是老板给你的钥匙？"

"不是。是我自己配的。我先前是个锁匠，干厌了那一行，严老板就收留了我。不过严老板对我并不好。他这个人啊——"他不往下说了。

我的气立刻消下去了。毕竟他不是来谋财的，我这里也没有财。他只是来消愁的。他同我一样，也是严老板的食客。严老板究竟是什么样的人？

"我记得你上回说到白蚁的事，那么，我们房客要不要发动一场起义？这事可由我来联络，我们三楼的房客早就忍无可忍了。"他说话时眨巴着眼睛。

"不要这样做。"我立刻说，"这不是恩将仇报吗？"

"恩？你以为他对你有恩？这栋楼里谁也不对谁有恩！"他又提高了嗓门。

"你爱怎么就怎么吧，反正我不参加。"

"哈，你这个小男孩啊，为什么你就不愿快点长大？"

我憎恨地皱着眉头，只希望他离开房间。

他一边咕噜道："你这个人啊，你这个人啊……"一边不情愿地走出去了。

被他这一搅扰，我就睡不着了。才八点钟，还早得很呢。我打开灯，想着白天的事。我的目光扫向木板墙时，就看见了白蚁。大队的白蚁顺着墙往天花板上爬。我看得头皮发麻。一个可怕的念头掠过脑际：严老板会不会故意让我们大家住在这千疮百孔的木楼里，在某个刮风的日子里大家一块灭亡？我又觉得不太可能，三楼这人不是说他住了三十年了吗？为什么还不走？也许他，还有这楼里的人追求的就是这种"短兵相接"的境界？这会不会是严老板收留大家的初衷？回想起木船上的两兄妹，再联想环说过的那些话，我开始出冷汗了。我大叫一声："难道这就是西双版纳？！"

房门立刻开了，三楼的又走了进来。

"怎么回事？不习惯这里的生活吗？不要紧的，刚来都是这样。"

他一说话，我就明显地感到地板和板壁都在摇晃。太可怕了，我待不下去了。

我弯下身子去穿鞋时，这人拍拍我的背说：

"白蚁造成的只是假象。关键是我们自己要心静。你瞧，风又刮大了，但我一点都不害怕。我还想发动起义。心静，听清了吗？"

我发现他打着赤脚，难道他不冷吗？

"你干吗不穿鞋？"我问他。

"因为我刚才要起义啊，这种时候谁还会顾及穿鞋这种小事。再说严老板等着看我的笑话呢，我可不愿向他示弱！"

奇怪，才过了几分钟，风还在刮，我已感觉不到这房子的摇晃了。难道我这么快就习惯了吗？再看这个人，他坐在床边，仿佛在练气功，又仿佛在闭目养神。

虽然穿好了鞋,但我已不想出去了。我得蓄起精神来,因为夜里有重大活动。这个人,我讨厌他,但我又情愿他待在房里,以免恐惧重又向我袭来。我再看墙壁,白蚁已经无影无踪了。我用拳头砸在上面,它纹丝不动,让我感到它的厚实和致密。这时他就笑了起来。

"你可别搞破坏啊。我们要正正当当地起义!"他说。

我以为他会待在我房里,可他却又出去了。他一出去,地板又开始微微地颤动,板壁也嚓嚓作响。我又紧张起来。我打开门,往走廊里去。走廊里倒是很安静,比房里好多了。我一时兴起就下了楼,打算在附近散散步。

"鱼儿啊,"严老板从前台走出来,说,"你找到目标了吧?祝贺你啊。到底是见过世面的小伙子,一下子就上路了。"

严老板好像对我很满意。我不太清楚是哪些方面满意。他用力拍了一下我的肩头,将我往门外一推。他在鼓励我呢。

夜里小城的灯光很少,不像我所在的大城市。到处黑乎乎的,几乎要摸索着前行。我不想走远,就绕着小小的街心花园转圈子,因为夜里还有任务。后来走累了,我就在小花园的石椅上坐下来。周围虽黑,天空里的星星却特别清亮。这是这里的特色。有一个纤细的人影在向我移动,莫非是环?她走到我面前来了,她不是环,是一位面部看不清的姑娘。她也在石椅上坐下了。

"你是鱼儿吧。"她对我说,"我叫乐。是环让我来的。

环发病了,很危险。她一直有病……她很漂亮!你想去看她?不,不行。她说你应该一个人去破庙,这是她的心愿。你会去吗?"

"我当然会去。可是我怎么找得到路?这里这么黑……"我说。

"不用找路。你只要走,就走到了。莫非你害怕?"

"不,我不怕。环希望我去,我一定要去。我应该马上动身吗?"

"是啊。"她说了这两个字就站起来离开了。

我在心里琢磨着,觉得"破庙"这种地方应该是在郊区人烟稀少的地方。我决定朝一个方向走到底,这样总会走到郊区去。刚才那女孩说不定已经给我指了路呢。

我选定了面前的这条街,朝前迈步了。不知为什么,路灯都藏在树叶里,我只能尽量靠街道中心走。也许这是这地方的特色。尽管看不到有人影,我还是撞上了一个人,弄得差点跌倒了。

"这么着急,是去破庙抢位子吗?"那人问。

"是啊是啊,你看我还来得及吗?"我连忙问他。

"这种事——你让我想想。这种事没人说得准。你怕死吗?"他朝我龇出白牙。

就着路灯的微光我仔细打量他,看清了一张丑脸。

"我觉得我是怕死的。"我想了想回答说。

"那你就更应该去破庙了。"他冷笑一声,"你们这些外地人，一天到晚总在犹豫来犹豫去的，闲得慌。"

我感到了他的鄙视，就不再吭声，让他从我身旁过去了。

这时我发现这条街已经走完了。回头一看，我已站在晦暗的小城的边缘，而在我前面是稀疏的、零星的郊区的房屋，有的里面有一盏灯，有的则是黑洞洞的窗户。房屋与房屋之间没有树木，应是大片荒地。忽然，我看见一些黑影在荒地里窜过去了。我怀疑自己的眼花了，就揉了揉眼再看。没错，的确有不少人在黑地里跑。这一发现让我激动起来了：这里就是破庙吗？环那双凤凰眼睛在我心里燃烧。我朝那些黑影所在之地迈开了脚步。

我很顺利，一会儿就到了这些人当中。

"这里是破庙吗？"我高声大喊。

立刻有两个人在我旁边停下了。

"这些房子都是破庙，你要看哪一种？我们是去看'穿墙'这种技艺的。"

说话的大概是一位中年人，给人诚恳的感觉。我连忙说我也想观察这种技艺，能不能同他们一块去？两个人齐声说："欢迎，欢迎。"

于是我就同他们一道跑了起来。我们跑到了一栋点着灯的房子面前。

他们推开了半边大门，我跟了进去。房间很大，左右两边墙都有一间边房。那盏小电灯挂在离天花板很近的地方，整个房间都很暗。

"你看见了吗？"中年人凑到我面前问。

他用手指着靠墙根的一团黑影。我凑近去看，居然看到了一个人的屁股，当然穿着裤子。他的半截上身都钻进了墙上的一个洞里，他似乎是向着地下斜插进去的。这样一种痛苦的姿势让我吃惊了。他还在用力往里面拱。

"谁能阻止人的好奇心？谁也不能。"老一点的那人低声说。

"钻死牛角尖是人的本性。"中年人也附和道。

"他要是钻进去了，你敢不敢随后跟进去？"中年人挑战似的问我。

"我？从这个洞钻进地底？"我迷惑地说。

"是啊。你不是答应过某人吗？"他嘲弄地看着我。

"让我想一下。等一下，你们要走吗？"

"你到底钻还是不钻？"中年人气愤地跺脚。

"我钻！这种事死不了，对吧？"我下决心了。

我的话音一落，钻洞的小伙子就退出来了。他站了起来，他的模样非常英俊。

"这里就是破庙，你来过破庙了。"小伙子对我说。

"你认识环吗？"我鼓起勇气问他。

"她是我从前的女友，一个捣蛋鬼。"他向我一笑。

走出那间房，我对他们说我还想参观其他的房子，但是他们三个人都说要回去工作。他们也不同意我独自留在这里，说因为这是违反原则的。我说我不甘心，也不愿给环的朋友留下一个懦夫的印象。

"你给我们留下的印象很好嘛,为什么说是懦夫印象?"中年人说。

"因为我没钻洞啊。我是胆小鬼。"

"那无关紧要。再说你也等于钻了一次,对吧?"小伙子说。

他们三个人一齐大笑。这是善意的笑,我放下心来。

我和他们一道在黑地里走,我感到无比的畅快。我在心里欢呼着:"我到过破庙了!我到过破庙了!"

我回到"听风苑"时,老板朝我走来,说:

"刚才有位小姐来问起你。按我的审美标准,她可以说是西双版纳的花王了。"

"她说了什么别的吗?"我连忙问道。

"当然说了啊。她说她等了好几年才等来了你。你瞧,她也同我一样,等你等得不耐烦了。现在我和她都等到了。"

"严老板,我真惭愧——我觉得我还没有完全听懂您的话。我来这里后,一直稀里糊涂地过日子,可是这里的每个人都对我这么好……"

"得了得了,小鬼,你太谦虚了。你一定累坏了,快去房间休息吧。"

我回到房里,又看见三楼的那人坐在沙发上。

"你出去的时候,我成功地发动了一场起义。"他笑盈盈地说,"严老板终于让步了,承认了白蚁对我们的威胁。你要是在这里就好了。多么壮观的场面啊!有一位长得像仙女一样的女王……唉,今夜你干吗出去?"他边说边向外走去。

他的最后这句话令我像掉进冰水中一样发抖。

一直到洗完澡,躺在床上,我嘴里还在叨念着:"环啊环,你把我逼得多么紧啊。可我这内地来的傻瓜,怎么能不爱你?"

那些白蚁纷纷出来了,一队一队的,向天花板爬去,三楼的又在发动一场新的起义吗?板壁和地板抖动得多么厉害!

窑　洞

钟是一位南方的少年，住在城市的楼房里。钟小的时候，常听到人们谈论北方的那些窑洞。每当遇到这种时候，钟就会竖起耳朵紧张地倾听，激动得全身发抖。但大人们的谈论总是隐晦、躲闪，并且模棱两可的。

"窑洞不是建在山下吗？山也不见得可靠吧？红土又怎么样……"

"窑洞好，冬暖夏凉，吃喝拉撒都在里面。可有人说窑洞并不是它们表面的那个样子，你无法看透它们。"

"据说有一家独自挖了一个窑洞，孤零零的，在一座荒山下。后来就消失了。村里人去找那家人，根本找不到。"

"建窑洞这种事很有讲究的，不能随便起意，也不能马虎选址。"

"昨天传来噩耗，十几个洞一齐坍塌……"

钟注意到，当大人们聚在一起谈论这个话题时，他们的表情就变得非常郑重、非常严肃了。并且每个人都有点像在自说自话，并不期待别人马上回应自己。反倒是挤在大人堆里的钟暗暗着急，小脑瓜转个不停，希望从这些话里听出某种意思来。当然每次收获的都是沮丧。但这沮丧并没有挫败他的好奇心，随着年龄的增长，钟对窑洞话题的关注反而越来越密切了。他也看过一些图片和文字描述，但钟认为它们都空泛而刻板，远不能同人们的议论相比。所以很久以来，钟的内心深处始终有这个疑问：为什么人们喜欢聚在一块谈论窑洞？为什么这种谈论总像既没有目的，也没有结论？为什么他这个旁听者也很想参与谈论？

有一天夜里，钟所居住的城市发生了地震，钟和父母摸黑下楼，跑到了外面。但地震并不严重，十几分钟之后就停止了。这时钟对母亲由衷地说，要是住窑洞就好了。没想到一向和蔼的母亲听了他的话大为生气，说他好高骛远，志大才疏。"窑洞是随便可以住的吗？"她呵斥道。妈妈说得他满脸羞愧，这时他发现路灯下还有几个人瞪着他看，仿佛他是个怪物一样。

现在离那次大地震已过去了好久，钟已经长成十五六岁的少年了。最近他对于窑洞的渴望空前地强烈。但是与谁去谈论呢？钟一贯不善言辞，而且他认为这个话题对于他来说是最没有信心的，他只能暗自在心里琢磨，无法与人真正交流。啊，那种从门脸上透出的微笑！啊，那种内涵丰富的崭露！啊，那种滴水不漏的坚守！啊，那种关于无限给予的允诺！啊，那种强横的封闭！他就这样东想西想，成日里神情恍惚。但爹爹并不为钟担心，他说这是青春期的躁动。

钟虽性格内向，却也有一个长期的好友，五十六岁的环卫工老丰。钟从未同老丰讨论过窑洞的事。但老丰这位单身汉是极为敏感的人，不知道采用了什么方法，他总是能看得透少年的心事。最近一段时期，老丰开始以暗示的语气来同钟谈论他的心事了。

当钟坐在老丰的小屋里的藤椅上时，老丰无缘无故地就激动起来。

"钟，如果你藏身的那种微型小房子的后壁忽然开裂，露出黑乎乎的深洞，你会如何做出反应呢？"

钟起先没有回答。但老丰在他面前快速地踱步，令他心神不安，反复地谴责自己的冷淡。最后，钟鼓起勇气，结结巴巴地说：

"也、也许，就钻进去了——要是无处可藏的话。那后面不是山吗？如、如果是山，就不会坠下去……您说是吗？"

钟说完后，老丰就在房间当中站住了，响亮地拍了三下巴掌。

"钟，你已经长大了，可以干事业了。我看出来你是个正直的少年，我们这个世界需要你。"

钟涨红了脸。他听不懂老丰的话，但朋友的话让他感到了欣喜。

"您的意思是说，我可以独自做决定了吗？"钟问道。

"对啊，小伙子，你不是一遍又一遍地做了许多准备吗？打雷下暴雨的天，去张公庙那里面探听一下吧。"

从老丰家出来走在街上，钟的耳朵里满是那种争吵声。钟心里想，这些南方人，个个想住窑洞，可他们又享受不到那种待遇，所以才心烦吧。为什么他们不敢正面谈论这件事呢？可能有什么忌讳？老丰提到的张公庙，钟其实去过好几次，那里头拥挤不堪，烟雾缭绕，所有的成年人说话都只说半句，他这样的一个少年，在那里能打听到什么信息呢？老丰说要打雷下暴雨时才去那里探听，这是什么意思？不管怎样，钟决定按老丰说的去做了。这就叫独自做决定吗？

钟穿上雨衣，打着伞正要出门时，母亲拦住了他。

"妈妈为什么要拦我？我从小到大不是都很听话吗？"他说。

"你听听这雷声，这是要出人命的天气啊！"妇人惊恐地说。

"这只是在屋里听起来是这样。我平时总是在屋里听雷，尤其在半夜。但我想，只要、只要到了张公庙……"

钟没说完，因为他又结巴了。

"张公庙！"妇人尖叫一声，颓然坐在椅子里，"原来我儿常往那里跑，可那里是末日啊！"

"是末日也不要紧吧。我在做准备……"

她"啊"了一声,闭上眼不再说话了。

钟趁机溜到了外面。雷声的确很凶猛,闪电像要划开地面。钟脚不停步地走,有声音在他里面催促他,使他忘了害怕。有一道闪电闪到了他身上,他的半边身体短时麻木了一下,但很快又恢复了。

可是张公庙并不在城里,而是在五百里路远的外省。钟在雷雨天跑了出来,要去张公庙,却完全没有想好如何去那里。以前几次他都是坐长途汽车去的,可现在那一路长途车已经取消了。钟举着雨伞,围绕着城市走啊,走啊,走啊……后来他问一个路人,是否还有去张公庙的车。

"就凭你这副模样?"那人打量了他一眼,说道,"那边的人们快要回来了,你最好再多走走,说不定能遇见他们。"

雨小了,天却很快黑下来了。在城边上,一群一群的人们影影绰绰地出现了——那条街道没有路灯。钟钻到人群当中。他穿着雨衣的形象很显眼,周围的人都感到了他是一个异己。

"又有了新的造型。不过我并不特别关注造型,因为万变不离其宗。"

"这个人是谁?钻来钻去的,显得很贪婪……"

"管他是谁呢。我还在回忆庙里的情形——我们看到的是真实的情况吗?它的进深只有两米多,怎么一裂开就到了山肚里呢？真想不通。"

"多想想就想通了。比如北方的窑洞出现在寺庙的墙上这种事，我们不是马上就理解了吗？我从不大惊小怪。"

"我看没人猜得出我们是坐哪趟车回来的，大家都知道没有车通那里。"

因为太激动、太慌不择路，钟踩着了一个人的脚背。那人用力将钟掀翻在地，口里咒骂了一句，"小蝴蝶！"

钟躺在被雨淋湿的地上，心里想，为什么骂他"小蝴蝶"呢？这并不是骂人的话啊。也许这个人只是对他表示亲热吧，可他力气也太大了。待钟爬起来时，人群已经走远了。钟还在想着张公庙，差点将窑洞的事都忘记了。人总是只记得自己去过的那些地方，所以钟就将张公庙当作北方的窑洞来思考了。他对自己刚才的行动很后悔，他老是慌慌张张。

"你是谁呢？刚才我听见有人叫你小蝴蝶，可是我看不见你的翅膀。"

"我的翅膀掉了，可能我已经死了吧。"钟说。

他听出是一个小男孩的声音，可是他不想同小孩说话，就故意说自己已经死了。那声音从老刺槐的树干里发出来，怎么回事呢？在这样的黑暗里，钟十分盼望暴乱。如果暴乱，他就可以趁乱谋利——比如挤上一辆长途车，任汽车开往哪里；比如杀两个小贩——虽然他不知道为什么要杀小贩。然而却没有暴乱，只有无边的黑暗，连那老槐树也不再发出声音了。

精疲力竭的钟回到了家里。那时天还没亮，他看见妈妈躺在院子里的吊床上，头发垂下来。

"妈妈！"他喊道，然后羞愧地站在吊床边。

"我儿这么快就回家了啊。我正在替你构思呢，我在想那些窑洞的设计图。你说点式建筑好呢还是排式建筑好？"

"我不知道，我完全没有概念。"

"天哪，我怎么会忘了这一点。你必须做起来才会知道怎么做，对吧？就像我的一个朋友一样，他在阁楼上搭了一个燕子的窝，后来果然有燕子飞来过冬了，是一对夫妻鸟。"母亲激动地跳下了吊床，又说："看来夜里我没有白等，钟已经是男子汉了。"

钟有点激动，但他不知所以然。他听见自己心里有个声音在欢呼道："啊，窑洞！"此时他想到的却是老槐树树干上的洞，那上面一定有个洞，不然怎么会藏着小男孩呢？

"妈妈，我也想构思一个拱形窑洞。"

"好主意。那你明天夜里出走吧。"

"去哪里？"

"我怎么知道，随便走走吧，总会遇见那些人的。"

钟吃过早饭后，在厨房里一边洗碗一边发呆。楼下一个小孩起劲地叫："钟！钟……"是邻家小弟，钟不想理他。他开始细想妈妈和路人的话。这两个人都建议他到外面走走，说总会遇见"那些人"。钟认为他俩指的都是同窑洞有关的人们。为什么他必须从别人口中去获得关于窑洞的知识呢？也许不是获得知识吧，因为他基本上听不懂那些人的议论。还不如说是获得共鸣，他不是每次都产生共鸣吗？对，就是共鸣。老槐树啦，商店门口的石狮子啦，庙宇上的飞檐啦，也同他产生过共鸣。看来他明天夜里又得出走，去找那些人或那些事物。只有在这类持续的活动中，他才有机会想窑洞的事。是真真切切地想，不是泛泛地想。是根据某人的语调，根据石狮上的阴影去细思，不是凭空捏造。

洗好了碗，他从厨房的窗口伸出头去，看见了好友老丰。老丰正推着扫街的绿色小推车往家里走。

"老丰啊！"钟急煎煎地喊。

他喊完就冲到楼下，冲出院门，来到了街上。

老丰乐呵呵地向他招手。

"小男子汉，上我家去玩玩吧。"

天那么蓝，云那么高，两人兴冲冲地往老丰家走。

坐在小屋里的藤椅上，喝了一杯茶之后，钟昏昏欲睡了。但钟不甘心，他挣扎着说出一些字："庙……途……北方……"然后就打鼾了。

老丰帮他盖上绒毯，哧哧地笑着。

大约过了十分钟，钟突然跳起来对老丰说：

"我的构思出来了！"

老丰盯着他看了一会儿，慢条斯理地问他：

"马上走，还是休息一会儿再走？"

"马上走!"钟坚定地说。

钟坐在老丰的装垃圾的小手推车里打瞌睡。起先钟不明白为什么老丰要用手推车推着他走,老丰就告诉他说,因为路途遥远,一路上又需要不中断构思,所以只好两人轮流坐在车里进行沉思。钟想了想,觉得他说得有道理,就同意了。垃圾车里胡乱塞了些海绵,坐在里面倒也蛮舒服的。钟认为老丰对于他们应该走哪条路应该是胸有成竹的,所以才让老丰先推着他走。然而钟坐在车里根本无法构思任何事,只是在昏昏欲睡中挣扎,一边挣扎一边谴责自己。钟还感到老丰明明知道他在磨时间、偷懒,却一点也不生气,相反还很高兴,推着车走得很快,还吹口哨。后来钟就索性厚颜无耻,选择了一个较舒服的姿势,进入了睡梦中。

当钟醒来时,他俩已经到了平原上。老丰放下车子,让钟来推,他自己则坐进了车里。平原上仅仅长着少量的浅草,没有路,可又到处都是路。钟问老丰应该往哪边走,老丰让钟看着办,还说红土之乡就在前面,最好日落前赶到。钟一边推着老丰胡乱走,一边暗自思忖,红土之乡肯定不会是北方,因为他们不可能在半天之内就从这个国家的南方走到北方。此刻呈现在眼前的平原钟的确从未见过,地图上也从未有过标示。钟看了一眼老丰发现他在紧张地思索。

"我们已经离开家有多远了啊?"钟问。

"远到你无法想象!"老丰用嘲弄的口气说道。

钟沉默了,默默地走路。幸亏推着车走并不累,而且前方总是那一式一样的路况,不需要集中注意力。然而钟的脑海里还是一片空白,根本产生不了关于窑洞的构思。他想,莫非他的那些构思全跑到老丰的脑海中去了?瞧他那副紧张的样子,他是在害怕吗?

"老丰,您在构思吗?"钟小声地问。

"不要提这种事。人怎么能刻意……"他皱着眉头没有说下去。

就在这时,钟看见自己的前方忽然出现了山的幻影。他记起了资料上面所说的:"窑洞傍山而建。"热血冲上了他的脑门,他开始飞跑了。

"你哪里去?!你哪里去……"老丰慌乱地喊道。

钟只顾朝那些山的影子疯跑,脑子里很多念头像雨后的蘑菇一般生长,新的盖过旧的,拥挤不堪。不知什么时候,老丰已经从车里跳出去了,但他没觉察到。他感到自己的两条腿变得特别有力量,简直可以一直跑到远处的山里去。

忽然,那手推车的车轮发出一声痛苦的锐叫,钟吓得立刻停了下来。这时他才记起了老丰。"老丰!老丰啊!"他大声呼喊。

一座高山出现在他面前了。有一个人亮着手电朝他走来。

"你来了啊。"那人说,"我还以为你早晨来呢。你瞧,现在已经这么晚了。反正这时候什么都看不清了,随便在哪个洞里凑合一夜吧。"

钟听了这人的话暗中欣喜——他总算没白白辛苦一场。

"也好,您看着办吧,我要求不高。"钟说。

"这只能由你自己决定,我才不管你的事呢。小心,这里有个坎。"

钟果然被磕了一下,跌倒在地。那人嘻嘻地笑起来。

"你记得那首关于山的童谣吗?"他问。

"记得。"

"那你说说看。"

"原先没有山,后来就有了。"

那人沉默了。他老是用手电照着一个地方,钟看见亮光中有一条老虎的尾巴。那人指着老虎尾巴问钟是否愿意同这种熟悉的动物待在一起。

"可我同它并不熟悉。"钟的声音有点颤抖,他拿不定主意。

"你是想另谋高就吧?我告诉你吧,这些洞全都挤得满满的了,现在只剩下一个了,就是这只动物所待的这一个。你去不去?"

那人说话时嘴里发出"咝咝"的声音,身影也变得越来越像一条大蛇。钟害怕地挪开身体离他远一点,但他总是挨上来。

181

"怎么样？打定主意了吗？"他又说。

钟感到有冰凉的鳞片贴着自己的脸颊，全身开始簌簌发抖。

"去！"他说，他豁出去了。

随着他的话音一落，那人就消失了。

四周变得伸手不见五指，空气有点闷闷的。"莫非这就是那个窑洞？"钟在心里对自己说。他想，他可不能随便乱动，因为老虎就在身边。现在他能做什么？对，他应该可以构思了，他很想构思！啊，他脑海中出现图案了！那个图案可说是"匪夷所思"。但他还不满足，他又想出了另一个图案，这个图案更离奇，洞的中心有座山，山脚下又有一排洞，不是拱形洞，却是长方形的。钟隐隐地兴奋着，他感到后面这个图案正是他理想中的窑洞，他甚至想从一个长方形的门洞钻进去，看看里面是不是也有山……有什么硬邦邦的东西将他击倒在地，他记起了虎的尾巴。他说："老丰啊。"然后就晕过去了。

他醒来时发现自己在平原上。老丰的垃圾车就在不远处，老丰也站在那里。老丰推着车走过来，凑近他说：

"你一叫我，我就来了。你没想到我就在附近吧。"

"啊，谢谢您，老丰！您让我学会了构思，我觉得自己还可以继续构思……可是我已经把刚才构想出的那个窑洞忘得干干净净了。"

"哈，好！现在钟说起话来像个老练的工匠了。"老丰拍了拍他的肩。

老丰让钟坐好,由他来推车。他将车子推得飞快地跑,钟靠在一堆海绵上,立刻就睡着了。

"我一高兴,就一口气将你推回来了!"分手时老丰说。

"真难为您了。我是个废物。"钟自责地低下头。

"不要这样想,你的火候掌握得不错嘛。这种游戏我玩了一辈子,现在轮到钟了。钟天生有这个能耐。你注意到白骨累累的那个洞口了吧?"

"没有。我什么都看不见。"

"不是看不见,是因为你还没定下神来。不过你已经有了一次经验了。"

"老丰,您是说我还会常去做这个游戏?"

"天天做都可以。你不是已经认识路了吗?你想去就可以去!"

钟闷闷地回到家里。爹爹叫他吃饭,他就机械地吃饭,一点味道都没有吃出来。他听到爹爹在说他。

"钟这孩子,需要静静地思考一些事,可是他的事又都没法静静地去想清。他需要做事,他是个劳苦命。"

妈妈听了爹爹的话,就鸡啄米似的点头表示赞成。末了她突然说:

"他就该豁出去死!"

她这句话是尖叫着喊出来的,钟听了脑海里亮起了几百盏灯。

"妈妈，爹爹，感谢你们。"钟说着就小声哭起来。

"哭什么呢，"爹爹柔声说，"这地球上每个人都有每个人的工作嘛。你的工作就是搞构思，慢慢地你就会顺手了。老虎也是可以习惯的，对吧？"

"对。"钟止了哭说，"我又觉得我可以构思了。"

钟洗好了碗，将碗放进厨柜，然后就下楼了。

他昏昏沉沉地走到街上，街上车水马龙，他没法思考了。这时有个人在背后反复叫他，他回头一看，是老丰的同事，那个大胖子年叔。

"钟啊，你总算下楼来了！老丰叫我守在这里等你。"年叔说。

"等我？有事吗？"

"当然有事，你忘了吗？是重要的事。"

"对不起，我确实忘了。您告诉我吧。"

"就是关于构思窑洞的事啊。这你该没忘吧？"

"这个倒是没忘。"

年叔拍了拍他身旁运垃圾的卡车，让钟坐进副驾驶的位子，说是要带他去一个欢乐之乡，还说那里到处都是理想中的窑洞。

"让我考考你，理想中的窑洞是什么样的？"年叔一边发动车子一边说。

"应该是比较复杂的那种吧。"钟冲口而出。

"你怎么说起废话来！窑洞还能不复杂吗？"

钟用力想，觉得自己还是想不出答案。他有点生年叔的气，于是干脆沉默不语了。年叔也不再问，只是将垃圾车开得飞快。钟又看到了熟悉的平原的风景。他刚要张嘴问年叔一个问题，就听到驾驶室后面的车厢里有人在砸车，很像是用一把大榔头在疯狂地猛砸，每砸一下车子就弹起来，让钟感到很恐怖。"年叔，年叔！"他惊慌地推年叔。但年叔像没听见一样，双手坚定地握着方向盘，两眼直视前方。

有一瞬间，由于后面那恶魔的把戏，车子差点要侧翻，冷汗淋漓的钟正打算竭尽全力跳车了。但是侧翻并未发生，那恶魔也安静下来了。

"啊——"钟松了一口气，说。

"钟已经构思好了吧？"年叔问道。

"怎么可能？我脑海里一片空白啊。"钟委屈地回答。

"没有形状的空白？也可以啊。不过还是有东西在里面才有趣。"

年叔说完就哈哈大笑，也不管方向盘了，就让车子乱拐弯，像醉汉开车一样，而且油门踩到了最大。远方有一条河在闪闪发亮，这车子就是往那条河的方向冲去。钟闭上眼睛不看了，可一会儿又睁开了眼，因为担心死得不明不白。这时他发现自己还在思索，他不由自主地在心里问自己究竟后悔不后悔同年叔来这里，他感到答案动摇不定。

奇怪的是这种状况延续了一小时（也许是一分钟？），那条发亮的河还是不远不近地横在前方，他们的车子还是往前乱冲。

"你打定主意了没有？到底选择哪一个构思？"

年叔的声音从车窗外的什么地方传来，很微弱。钟往旁边瞟了一眼，发现年叔已经不在方向盘后面了。也许他早就走了？正在这时，钟脑海里出现窑洞了。窑洞的后墙那里有一个黑洞，黑洞通往大山的山肚里，洞虽很小，但一个成年人可以猫着腰一直往前走下去。那么，问题是要不要走到山肚里去呢？还有没有时间考虑这件事呢？

车子轰的一声侧翻了。还好，钟设法爬了出来，没有受伤。

旁边就是那条乌黑发亮的河流，像很多巨大的眼睛严厉地盯视着钟。"我不后悔……"

他犹豫地说。他一说出来就明白了。

2018年3月7日　于云南呈贡

与诗有关的

　　我的名字叫扎玉琴,今年六十五岁,已经退休。我住在这栋六层楼房的第三层,我的单元房是两室一厅的小单元。我丈夫去世多年,连我女儿也去世多年了。我是孤寡老人,但我感到自己从内到外都还很活跃。我把自己的生活安排得井井有条,每天锻炼身体,饮食遵循科学。由于具有良好的心境,我并不感到特别孤凄。到了夜里,我常常同我去世的丈夫和女儿谈话,我甚至向他俩征求对我目前的生活的意见。我并不喜欢社交活动,不过我同邻居们关系都不坏,属于"点头之交"的那种。

　　前几天我满了六十五岁,日子过得真快啊。我大概还要活很久很久,活到将近一百岁吧。那时我就去死在养老院里——我有积蓄,是为了将来住养老院的。我喜欢写诗,虽然从来没发表过。我丈夫和女儿还在时,我总是很忙,所以没时间写。他俩都走了之后,我就正式开始写诗了。

我读很多诗歌,有中国的也有外国的。写诗真好啊。也许是由于我每天都要写两行诗句吧,这种良好的习惯竟然改善了我的睡眠。年轻时我反而经常失眠呢。晚饭后一个多小时,在心境特别闲散时,我就铺好纸,拿起笔来写。有时写两个句子,有时写三四个句子,还有的时候写一个句子。无论多少,我都从心里感觉到享受。我还拿给邻居金姨看过呢。虽然金姨对这些写在纸张上的句子没有作出多大的反应,但我并不失望。我还可以念给丈夫和女儿听嘛。我想,是因为写诗,我的生活才这么井井有条吧。可是有一天,转折到来了。那是在我写诗半年之际。

一天夜里,当我快要入睡之际,我朦胧中听到一个人在门外叫我。

"扎玉琴!扎玉琴……"

一开始我以为是幻觉,就懒得理。可那声音很顽固,叫个不停,令我完全清醒了。我听出来是住在楼下平房里的柳妈,她也是一名孤寡老人。这个时候柳妈来叫我,一定是生活中遇到困难了吧?我当然知道孤寡老人会遇到一些什么样的困难。我立刻穿好衣服过去开门。

柳妈站在暗处,我看不见她的脸。她让我拿上钥匙,锁好门,马上同她走。她的声音听起来很清脆,所以我断定她没有生病。

"玉琴,刚才下了一场小雨。我来叫你,是想同你一块去足球场捡蘑菇。"她说。

"啊？城里的足球场怎么会有蘑菇？"我不想下楼了。

"只有我知道这个秘密，所以非得这个时候去捡啊。我带了布袋，我们一人装他一大袋，吃好几天。"

她边说边拽我下楼。

到了外面街上，我心里想，反正今夜也睡不好了，就同她去一次吧，算是猎奇。

走完有路灯的这一段街道，我们来到了黑灯瞎火的建材一条街。足球场就在建材街的附近。因为已经很晚了，到处都没有人，我不免有点紧张，一路上几次产生了幻觉，老是看见有人或大型动物躲在暗处。其中一次那黑影朝我们扑来，我吓得发出了尖叫。柳妈立刻紧握我的手安慰我说："到了，到了。你瞧，这里是入口。"

可是这个入口不同于白天看见的入口，我俩又摸黑走了好久，我才感到自己的脚踩在了草地上。这时柳妈已经蹿到我的前方去了，朦胧中我看见她在一下一下地弯腰，她的惊叹也传到我的耳中："哎呀，这么多啊，这场雨下得太好了！啊，这里又有一窝……小东西们，你们就这样敞露着吗……"

我完全看不见，也不相信草里会有蘑菇，这里又不是森林，还常进行比赛，怎么可能呢？这时柳妈的声音传过来了："傻瓜，傻瓜，快捡啊！"

"这种地方，不会有孢子，怎么会有蘑菇？"我埋怨道。

"谁说不会有孢子？你没听说大地在深夜会裂开吗？"

我听了她这句话吃了一惊,柳妈什么时候变成诗人了啊?柳妈越走越远,我想追上她,可是一个黑东西朝我扑过来,我重重地倒地了。我张嘴要喊柳妈,却发不出声音。并且我全身麻木,动弹不了。那黑东西不见了,好像是一头熊?在我的上面,是灿烂的银河和闪亮的天庭。实际上,在这个污染严重的城市里,我几十年都没看见过星星了,更不要说银河。这里真的是我们城市的足球场吗?我平时爱锻炼,身体很灵活,现在为什么一倒地就起不来了呢?虽然不能动弹,脑子却又很清醒,我甚至能分辨出远方传来的警笛的声音。我躺在草地上是很舒服的,只是不能挪动这件事让我焦虑。人啊,就是喜欢自寻烦恼。柳妈不会来管我了吗?柳妈柳妈,今夜演的是哪出戏啊?

时间好像停滞了一样,我只能看银河与天空,我想转动一下头部都不可能。于是我心中的焦虑越来越厉害了,于疯狂中我甚至产生了这样的念头:这是不是就是死?我慢慢地回忆起夜间发生的事。本来我在睡觉,后来莫名其妙地就跟随这位柳妈来到了这里,然后受到袭击,躺在这里不能动了。这时我的思路转向了柳妈。有三十多年了,柳妈一直住在我楼下的那一间平房里,平房后面是她搭的简陋的厨房和厕所。我记得起先她带着一个女孩,后来女孩成家离开她了,她就成了孤寡老人。柳妈平时很少主动与人交往,除了买菜做饭,总缩在那间平房里。有时出于好奇,我也会走进平房去看望她。那种时候,她总在屋里安静地打鞋底,她穿的布鞋全是她自己做的,清秀小巧的鞋子让人羡慕。看见我来了,她总是淡淡地笑一笑,起身给我倒茶。在那有数的几次拜访中,她没有多少话说,每次都是说起她对旅游的渴望,总是那几句话:"我想周游世界,不知还有没有机会?""现在都在说穿越时空,我能不能去古代的那几个城市旅游?哪怕看一眼也行。""你看我活得到'世纪交流日'吗?如有那种好事,我一定去。""他们说我们城市下面还有一个古城,是真的吗?"她的问题让我很难回答她,我觉得我每次都在敷衍她,幸亏她并不见怪。我想,我同她之间有数的几次交往就是我现在陷入这种境况的根源啊。她一直在邀请我与她一道周游大千世界,现在终于付诸实施了。要不是她,我哪里会知道我们城市在夜间会有另一个世界呢?她当时多么欢快啊,她看见大地裂开,看见许许多多菌子埋在草里。她邀我来,是要同我共享欢乐。啊,但愿我马上恢复,同她一块去看可以上树的鱼!

"柳妈,我要怎样才能起来?"我喃喃地向空中说。

"一切全凭你的意志,你忘了吗,玉琴?"她居然回答我了。

哈,我可以说话了!

"柳妈!柳妈!"

"不要叫,我在这里。这是我的腿,你抱着我的腿站起来吧。"

那条腿像铁柱一样,我用力抓住她的灯心绒裤子站了起来。

星光下,柳妈神采奕奕,提着两袋蘑菇站在那里。

"我们回家吧。明天夜里再出来,去城北,到河里划小船。"她说。

"城北有河吗?"

"仔细找,总会找到。"

我想了想,觉得她说得有理。她不是在足球场找到了菌子吗?

我们分手时,柳妈嘱咐我说菌子要多洗洗,因为城里灰重。她又说:

"我忘了,我得去亲戚家待几天。这几天你写诗吧,等我回来再来邀你。"

这是怎么回事呢?我的生活里忽然出现了柳妈!她不是在我楼下的平房里住了三十多年吗?我不是一直同她很熟吗?为什么以前我们从未深交?也可能她一直在等一个机会同我出游,她早就策划好了一切。唉,柳妈,她到底是谁?这几天里头,我反复回忆那次夜游——足球场的奇遇。回忆中闪闪发光的银河不断变幻着形状,我似乎不是被棕熊之类的动物撞倒的,而是自由自在地躺在草地上,周围还有一只夜鸟在走来走去。毫无疑问,夜游的激情超出了我写诗的激情。我不耐烦地等待柳妈的归来。每次来到楼下那平房前,我都要将脸贴在窗玻璃上朝里张望。屋里空空荡荡的,根本没有她的身影。我想起她说的要我在家里写诗的话,便强制自己冷静下来了。

时间一天天过去,柳妈还是没有回来,我的诗稿倒是积累了一些了。虽然我很少读自己的手稿,但我也知道自己在进步。写诗真好啊。

有一天我去超市购买日用品。在路上要经过一家烧饼铺,在铺子的门口我忽然就看见了那个熟悉的身影。是柳妈,她明显地消瘦了,但精神很好,两眼炯炯发光。她一把抓住我,凑在我的耳边低声说道:

"玉琴,你现在没要紧的事要办吗?"

我说没有。

"太好了!跟我来。"

我和她一前一后走进了烧饼铺侧面那条极为狭窄的通道。我在这个城市住了这么久,一次也没有进入过它,甚至从来不知道有它。

这条通道很奇怪,不仅窄而且长,两边都是房子的侧面墙或一段一段的围墙,这些墙挡住了光线,我们有点像在地道里行走。当我看着脚下的路时,一只小动物居然从围墙上跳到了我的肩上,我吓得颤抖起来。柳妈说不要紧,这是家鼠,和人住在一起的。她说话之际那小家伙又飞身一跃进了某个墙洞。不过它可不算小,总有两斤多重吧。

"墙洞里有不少家鼠,皮毛油亮,是稀有品种。这些人家将它们惯坏了。"

我不知道柳妈要将我带到哪里去,也对这条阴暗的通道充满了好奇心。我期盼着。

突然我发现通道的前方堵上了,那是一道死墙。墙上隐约可以看到一些窟窿,洞里也许住着家鼠。

"糟糕,他们堵上了。"柳妈在黑暗中小声说。

我又发起抖来,然而还是期盼着。

"我们到了城里的哪个地方?"我问柳妈。

柳妈不回答,只是在左边的墙上摸来摸去的。后来她说摸到了。

"玉琴,你不是每天锻炼,身体灵活吗?来,你站在我的背上,双手用力往上伸,你会摸到一个窗台。窗台上有两根柱子,你抓住它们,用猛力攀上去,就可以爬到窗台上。"

柳妈的背很厚实,我稳稳地站上去,伸长手臂抓住了那两根木柱子。我这个姿势是很难攀上去的,如果我再年轻二十岁也许有希望。我听见柳妈咬牙切齿地说:

"扎玉琴,你就不想赌一把吗?你一定是怕死吧?"

有一些疯狂的念头在我脑子里乱转,我在流冷汗。我听见自己发出奇怪的吼声,后来我就跃上了窗台。窗台很宽,我坐在两根细柱子之间,听见柳妈的声音从很遥远的地方传来:"玉琴,你是在城市当中的森林里啊……"

我明白了,这里的确像森林,墙里头住着那么多的动物,我坐的这个窗台上也生长着青草。在窗户里面的屋里,我隐隐约约地看到树枝上茂密的叶子，还有两头大型动物那磷火一般的眼睛。也许这是隐藏在城市里的一个野生动物园？一个只有柳妈才能找到的地方？我从窗台上跳下去了，落在草地上。

"扎玉琴越来越胆大妄为了。"

是我的邻居风姨在黑暗里说话。我问她这是什么地方。

"什么地方？不就是足球场吗？"

"可足球场是在建材街啊。"我迷惑地说。

"对于有心人来说，条条路通足球场。你想通了吗？"

风姨扶我站了起来。我和她手拉手，毫无顾忌地迈开步子走出了足球场。

走出建材街就是中央大道。在人群中，我老听到一个声音在说："大妈，您随时都可以进来，这里是森林公园……"

陨石山

我的妹妹终于还是走了,我没能说服她。她去的地方是离这里有一百多公里的那座陨石山。她于几个月以前认识了山下的一名牧羊人,两人坠入爱河,现在她就不顾一切地奔向了她的爱情。在我的冥想中,陨石山上绿草如茵。至于陨石上怎么会长草,那不是我应该弄清的问题。当然那山也不见得就是陨石。

在清寂的夜里,我和我的男朋友远蒲先生一块坐在屋外的石凳上,设想着我妹妹的种种情况。我们为她叹气,但内心又隐隐地感到妒忌,因为那种富有诗意的生活我俩从未经历过。

妹妹从小依赖我,任何事都要我这个当姐姐的帮她做出决定,她是个最为优柔寡断的女孩。我们两姐妹是一场大灾难的劫后余生,后来通过一位远亲的介绍来到这个闭塞的乡间定居下来。乡村的生活并不是平静如水的,酷烈的生存竞争早已使我变得果断专横。但妹妹，不管生活是什么样子，总是睁着那双不谙世事的眼睛，一有工夫就遐想。我有时对她很不耐烦——尤其在农活忙碌之际，有时又为自己保护着这样的妹妹感到自豪。

妹妹的情人是个瘦小的青年，他有五百只黑山羊。据说陨石山那边有好几个牧羊人，而他的羊是最多的。他和妹妹是在镇上的饮食店相识的，当时妹妹吃完面站起来要走，却把自己的菜篮子忘在桌子边了——她是去镇上卖菜秧的。牧羊人提醒了她，然后两人便交谈了几句。接下去发生的事匪夷所思：妹妹居然跟了这名青年男子去了他家，整整从我眼皮底下失踪了三天才回来！那年轻人有一种病，一发作起来就痛得不省人事，只能在什么地方就倒在什么地方，谁也帮不了他。据妹妹说那三天里头他发了两次病，妹妹当然不忍心走开。但不走开的理由主要不是为了他，却是为了那些羊。"他发病时就不再是我的情人了。"妹妹有些神思恍惚地回忆道。我不赞成妹妹跟了这个病人去过一辈子，但远蒲先生显然同我有相反的看法，他对于牧羊人的生活有着极大的兴趣，贪婪地想从妹妹口中掏出尽可能多的山野风情。后来我也不知不觉地产生了兴趣。

"慧敏是一名不同凡响的青年。"远蒲先生去村小学上课前这样对我说，他说的是牧羊人。

从外表上看，牧羊人慧敏并不像一个病人，他目光清澈，动作灵活，擅长各种手工编织。他第一次上我家来就送给我两只精致的草帽，后来又陆续拿来草鞋竹篮等。这些东西散发出迷人的清香，令我对于他居住的地方神往不已。每次他都是沿着那条河驾船而来，然后在夜里赶回去，他从不在我们家过夜。我很想去慧敏的地方看看，当我把这个意思透露给妹妹时，妹妹吃了一惊，连连摇头否决道：

"啊，不要去，不要去！那种地方，你会大失所望的！"

"你是什么意思?！"我勃然大怒。

"你不要生气！你干吗生气呢？我只不过是说，那地方不好。"

"不好你还嫁到那里去！"

"那是我嘛，我算什么？只不过是我嘛。"

由于妹妹总说些莫名其妙的话，我就懒得管她的事了。我把妹妹的态度告诉远蒲老师，远蒲老师就笑了。

"让我们一道为她高兴。"他说。

远蒲先生的话也是不能相信的。远蒲先生在村小学教书，但他不好好教书，总是把小孩们带到河里去游泳，一年里头有三分之一的时间学生上的是"游泳课"。因为他这种不负责任的教学，很多家长就不让自己的小孩上学了。有段时间，他几乎每天去学生家里劝说，要家长把小孩送来。我们是前两年成为情侣的，起先我很讨厌他，因为我是个严谨认真的人，但后来，我就被他的随和的性情所吸引了，我感到他有化解生活中的一切矛盾的本领。我同他相处时，他说的每一句话我都颇费思量，他属于那种猜不透的人。比如刚才,我就不知道他为什么要为妹妹感到高兴,也不知道他有什么好笑的。

"干吗去那穷山沟里看呢?"远蒲老师温柔地说,"那里麻烦一定很多。我说呀,你我还不如对你妹妹的新居保持远距离的神秘感呢。"

"那里并不是穷山沟,他有五百只羊呢。"

"谁知道呢,眼见为实嘛。"

那一次,我和远蒲老师的讨论不欢而散。妹妹当时还讥笑我是"自寻烦恼"。短短几个月过去,她真的走了,这空空落落的旧房子里只剩下我一个人。我没有提出要远蒲老师搬过来,因为我觉得一旦他搬来,我和他的关系就完了,所以还是像现在这样好。

妹妹临走时对我说,她真是为了那些羊才走的,要是羊走失了,也就失去了生活来源,慧敏和她只有饿死。"那些羊就像魔法师一样。"她做出这番解释时,远蒲老师就眼睛看着远方,随口说道:"好啊,好啊。"

现在我们坐在月桂树下,吸进那浓郁的芬芳,远蒲老师苍白的长脸在月光下显现出有点不知所措的表情。

"我倒觉得有病的应该是妹妹。寂寞的大山会使她很快地成熟起来,病就会痊愈。从前我去过陨石山很多次,那种光秃秃的岩石山,就是羊都很难在上面站稳呢。"他说。

"慧敏和妹妹说的完全不是你描绘的这种情况啊。"

"也许这些年有了改变。但一座石头山,你总不能将它变成牧场。"

"那你还为妹妹高兴？"

"我的高兴是出自心底的。"

"不管怎样，我打算坐船去一趟。"

"啊，不要毁掉自己的梦想啊。"

我终于同远蒲老师一道坐船去陨石山了。去的时候虽是顺水，船在河里还是整整走了四天四夜，其间还有两次停靠岸边。

第一次停靠岸边时我和远蒲老师上岸去买了几盒火柴。我打开火柴盒，发现里头空空的，就对女老板说了。那胖胖的女人眉毛一竖，尖叫起来，立刻就有两名黑大汉冲了出来。远蒲老师一把拽着我飞跑起来。那一夜我一直吵到天亮，在梦中一轮又一轮地走进那家黑店，又一轮又一轮地被赶了出来。我还挥舞拳头，打得床板响个不停，害得远蒲老师没法睡。当我醒过来时，我们的乌篷船已走出好远了，坐在甲板上抬眼望去，两岸净是奇形怪状的石头山，山上一棵树都没有。我有点相信远蒲老师对于陨石山的描绘了。但是坐顺水船到那里去要走四天四夜，这是我无论如何也想不通的。我把我的想法对船夫说了。船夫开始没听懂，我又说了一遍，船夫就怜悯地看着我和远蒲老师，答非所问地说：

"以你们两个这么单薄的身体，不应该去那种地方啊。"

接下去的两天我和远蒲老师是在昏头昏脑中度过的。从第三天上午开始，河两岸的那些山里就响起了可怕的野兽的嗥叫，此起彼伏，似乎要发动一场大袭击一样。向船夫打听，他说是虎啸，这地方有很多虎群。我们从未见过虎，吓得脸都白了。船夫又说，只要不停靠岸边就没危险。可是到了傍晚，他又将船停在岸边了。当我们质问他时，他就像没听见似的，自顾自地拿了东西，上岸喝酒去了。这个时候，野兽的叫声更逼近了，我和远蒲老师相互搂抱着，在船舱里簌簌发抖。有一下我们感觉有重物登船，两人都认定末日来临，但等了好久又没有动静。我比远蒲先生胆子大，就屏住气将舱门拉开一条缝，果然看见有个庞然大物蹲在船头。又过了一阵，却听见船夫唱着小调醉醺醺地回来了，心想他这下非落虎口不可了。然而并没有血腥的事发生，船缓缓开动，山上的老虎仍叫得凶。

"为什么一定是老虎呢？也可能是别的动物嘛。"

远蒲老师说这话时牙齿磕得直响，完全失去了往日满不在乎的风度。

我们终于到达目的地时，野兽的叫声才停止了。远蒲老师多年前来过此地好几次，他说一切面目全非了。在我的催促下，他凭着模糊的记忆带我走上了一条崎岖不平的山路。眼前的山果然是石头山，不要说树，连根草都不长。山的坡度倒是不太大，暗红色的岩石延绵不断。

"陨石山就在这座山的后面。"远蒲老师用手一指。

我就要见到妹妹了,但我一点都高兴不起来,我的心完全凉了。妹妹对我撒了一个弥天大谎,她究竟是为了什么到这种穷山恶水的地方来呢?

"我们已经到了。"远蒲老师宣布说,往路边就地一坐。

我茫然地扫视四周,以为他在开玩笑。我的周围除了石头还是石头,哪里有什么房屋呢?

"你这个人啊,真偏执,就不会往那山坳里多扫几眼么?"

经他这么一提醒,我就隐隐约约地发现了晒在一块石头上的翠绿色的裙子,那正是我妹妹的裙子。但是我还没有看到房子,我想,就算没有羊,人总得住在房子里吧。远蒲老师看出了我的想法,眼角流露出一丝嘲笑。"我们过去吧。"他轻松地说。听见噼噼啪啪的脚步响起,妹妹像从地底钻出的一样出现在我们面前,接着慧敏也出现了。他们俩都是奇瘦,脸黑得快成了煤炭色,然而他们精神很好。

"姐姐一定住不惯的,这话我天天都说,可她还是来了!嘿,我们一点准备都没有,我们……"妹妹叽叽喳喳地说着。

她一把搂住我的手臂,拖着我往山脚走。

我松了口气,原来他们并不住在这该死的山上。

"你的裙子……"我提醒她说。

"你担心丢失啊?不会有问题的,你想,谁会到这山上来呢?这是我和慧敏的山啊。"

山上的岩石也延续到了下面的平地，平地上的石头缝里稀稀拉拉地长着一些草，偶尔也有一丛灌木，但始终没看见一只鸟。这地方像个石头村，村民们集中在一块空地上把一大堆岩石从一个地方抬到另一个地方。我用目光仔细搜索，想找到村民们住的房屋，却怎么也找不到。

"我们到家了。"慧敏在身后对远蒲老师说。

"哪里?！"我大叫一声。

妹妹用力捏了下我的手掌，责备我不该这么冲动，于是我看到了平地上的一个黑洞。我们四个人成单行沿着脚下的阶梯走进去，大约走了十来级台阶，那洞就宽敞起来了。慧敏点亮了油灯。

"随便在地上坐吧。"他们一边将油灯放在石头墙的凹缝里一边说。

这个石洞有一间大房子那么大，地上凿得很平坦。我回头一望，妹妹和远蒲老师已经舒服地坐下了，我也就坐了下来。洞里一件家具都没有，也没有衣物、餐具之类的。这怎么能称得上是一个"家"呢?

"我们吃喝都在山上！这种生活呀,你是想象不出的！"妹妹兴奋地说。

"要是下雨，水流进洞里来怎么办？"

"我们这里啊，就连我爷爷都没看见过雨呢。"慧敏轻轻地说。

慧敏说话的样子令我想起那些芬芳的草编物。我问他黑山羊关在什么地方了。开始他有点吃惊地看着我，后来似乎明白了什么。他没有回答我的问题，却建议带我和远蒲老师去看他们"赖以谋生的那块地"。他站起来吹灭了灯，我们一行又到了洞外。

我盯着地上细看，很快看见了另外一些相似的洞口，一字儿排开，一直排到远方。看来这个石头上的村庄规模还不小呢。

那块地离得很远，我们沿着石头上凿出的小路走了很久。当小路走完，出现泥地时，我们听到了一些低沉的说话的声音。

那是山与山之间一条狭长的地带，红土被人们划成很多长方块，界限鲜明。

"这就是我们那一块。"慧敏指着一路数过去的第三块地说。

他的那块土里爬满了红薯藤。再看其他的土里，一律是种的红薯。

"我们这里土很肥，种下红薯不用怎么去管就有收成。"妹妹自豪地说。

我看到有几个汉子坐在那边的地头上，起先听到的说话声就是他们发出的。现在他们远远地打量着我们一行。

每块地大约有两亩，地里的红薯都是长势喜人。不下雨的石头山边居然可以栽红薯，这有点太奇怪了。

"它们靠的是地下水。"慧敏指着红薯说，"地下水是看不见的。"

"那么你是怎样知道这里有地下水的呢?"我问道。

"看红薯藤就知道了。"他弯下腰去抓了一把干燥的泥土,继续说,"表面的土层都是干的,如果你挖下去的话,下面还是干土。但是的确有地下水!没有人挖到过地下水,我们是从红薯的藤和茎块上看到它的,这土里长出的红薯又脆又甜。这种情况有点像我们在山上的时候……"他挤了挤眼不往下说了。

"在山上又怎么样?"我转过身来问妹妹,口气里头有点不屑,"那种石头山,能有什么样的奥秘呢?"

"奥秘可大啦!"妹妹嘲弄地说。

我觉得她是在嘲弄我。再看远蒲老师,他也在朝我挤眼,我气坏了。

妹妹见我脸色不好,连忙解释说:

"你不要生气嘛,我们说的是水的事情。你想想,我们这里从来不下雨,村里也没有水井,我们是怎样过活的呢?秘密都在山上,你拍拍石头,水就出来了。"

"有这种事?!"

"是啊。可那泉水并不是想它出来它就出来的。人必须忍耐,到了极点后就会有变化了。先前我也不习惯,现在倒离不开此地了。"

晚饭我们是在家里吃的。慧敏和妹妹从旁边一个小一些的洞里搬来红薯,我们就用刀削着生吃。妹妹说这里只有这一种吃法,因为没有水。我从来没有吃过这么好吃的红薯。不过这红薯里头没有多少水分。饭后我很快感到了口渴,便记起自己已经一整天都没喝水了。可是我观察他们三个人,全不像口渴的样子。远蒲老师一到陨石山就发生了微妙的变化,我觉得他已经忘记了他是我的男友,在这个对我来说是陌生的地方,他自然而然地成了同我妹妹一样的"知情人"。想到这一点,我就控制住自己的口渴,做出若无其事的样子,背靠着石壁坐在那里。

"月色多么好啊,"妹妹沙哑着喉咙说,她的声音里头冒出一股色情的味道,"让我们去山上寻找失去的爱情吧!"

说着她就兴冲冲地往外走。两个男人显得有点无精打采,但还是勉强跟在她身后。我记起她说过山上有水,就振奋起来了。

山不怎么陡,但光秃秃的,没有可以协助攀登的支撑物,爬了一会儿就感到筋疲力尽,口也渴得更厉害了。加上好几天没洗澡,简直难受极了。抬眼看看身边的三个人,他们全都不动声色。难道他们就不口渴?我忍不住说:

"我快渴死了。"

妹妹钻到一块巨石背后,出来时手里拿着一个茶杯,她对我说:

"这半杯水是我昨天留下的。"

我颤抖着捉住杯子,刚喝了两口,突然不好意思起来。我将杯子递到远蒲老师面前,但是远蒲老师坚决地拒绝了。

我目瞪口呆地望着他，这时妹妹伸过手来将杯子拿走了。妹妹也没有喝水，她把杯子又藏到岩石后面去了。

虽然身上脏得厉害，山上的空气是非常纯净的，月色很美，天上一丝云都没有。在这种一棵树都不生的山上，我感到自己身处危险之中。现在最大的威胁是口渴，由于刚才喝了那两口水，我渴得更加厉害了。我一边跟着大家往上爬，一边想着返回去找那只杯子。后悔的浪潮在我心里翻滚。为什么刚才我不把那杯水喝光呢？为什么要同这几个伪君子客套呢？

当我真的回转身往山下走时，妹妹就对我喊道：

"你会迷路的！"

因为怕迷路，我只得又远远地跟在他们后面。又过了一会儿，我的脚都好像不是我自己的了。前面的那三个人影越来越小，不管怎样努力我也跟不上他们的脚步了，他们是多么有活力啊。几天的疲劳和恐惧，加上现在的干渴，我彻底不行了，心里这样想着就往地上倒去。

就在倒地的瞬间我耳边传来哗哗的流水声，我断定那是一种幻觉，就闭上了眼睛不理它。但是流水的声音越来越响了，水从我的脚那里冲刷而过，弄湿了我的裤子。我跳了起来，接着又赶紧伏下身去喝水。喝了个饱之后，我就想洗澡，反正山上也没人，我就脱得光光的洗了起来。水从上面冲下来，水花在石头上溅起老高。我实在弄不懂这种事。当我洗完澡，穿好衣服时，水就停了，风一吹，岩石上的水痕都消失得无影无踪。这时我看见远蒲老师低着头走来了，他是从上面下来的。

"妹妹呢？"我高声问他，一边忍不住在心里想：多么美好的月夜啊。

"她正在同慧敏享受炽热的爱情，就在那边山洞里。"

他神情恍惚地指了指身后某个地方。他走到我面前时，湿淋淋的头发还在往他脸上滴水。

"水是从哪里来的啊？"

他没有回答我的问题，慌慌张张地扯着我坐下来，将一张迷惑不解的脸埋到两膝中间。这一刻，他又变成了我的男朋友。我抚摸着他的湿头发，轻声问他刚才发生了什么。他含含糊糊地说：

"狂暴极了，这座该死的山啊。我就从来没有想到……"

朝山下望去，看见一些火光浮动着，是石头村的村民们正在回家。我想象着妹妹和慧敏的色情的夜晚，我也琢磨着她为什么要到这穷山恶水的地方来安家的理由。我觉得远蒲老师也在和我想同一个问题，但是他更理解他们，所以受的刺激也更大。他从未像此刻这样沮丧不已过。在远蒲老师离开我的那几十分钟里头，他经历了什么样的恐怖场面，以致变成了这个样子？

我开始考虑下山的事。山的坡度虽不大，但并没有一条成形的路。上来的时候跟着他们倒也没觉困难，现在要下去，路又看不太清，就显得有点危险了。

"你就死了这条心吧。"

远蒲老师说这话时,还是没有抬头。我问他对什么事死心,他就说:

"响尾蛇到处都是,你还没碰见过吧。我们现在不能动,一动,它们就出来了。只能等,等天亮再说。"

他朝我伸出右手,月光下,我看到了手掌心有蛇的牙印,还有血。奇怪的是被咬的地方一点都不发肿,手还是活动自如。远蒲老师盯着那两个牙印,咬着牙说:

"毒汁在我心里,你明白这种事吗?我难受极了。"他变得话多起来了,也许他在发热吧,"来的时候兴冲冲的,来了就回不去了。你刚才看见这里的村民了吧?你看见他们坐在红薯地里,就以为他们的工作是种红薯吧?不,那根本不是他们的工作!这里的土肥沃得很,红薯插下去就不用管了。他们的真正的工作是抬石头,他们一年到头摆弄那些个石头!我见过他们修造的那些石墓,那是好多年以前……"

我觉得远蒲老师的情绪太激烈了,就有意转移话题说:"妹妹和慧敏并不摆弄石头,他俩在山上游玩。"

"不!"远蒲老师吼了一声,即使是朦胧中我也能看出他的脸涨成了紫色,"他们也一直在山上弄石头,石头就是他俩的爱情!听吧,你听到没有?"

是的,我听到了。爆炸的声音如同从深而又深的地心传来,闷闷的,又有点虚幻。

"那是他俩制造的土炸药。"远蒲老师冷冷地说。

我不敢碰他了,我移开一点身子,迟疑地挤出这句话:"你,不会死在这里吧?"

他没有回答。这一刻我才知道,这个男人的心离我是那么远,我几乎不知道他想些什么。他是如何成为我的男朋友的?他对我是一种什么样的感觉?他坐在这石头山上,遭受了致命的一击,我甚至不知道那打击是怎么回事。瞧,他哭了,他边哭边说:"生命是多么短促啊,我还没活够呢。"

早上妹妹找到我时,我正和远蒲老师紧紧地拥抱着,躺在石头地上。我俩在梦里成了一个人。妹妹披头散发,神情疲惫,但脸上却显出我从未见过的刚毅的表情。站在她旁边的慧敏手里握着钢钎和铁榔头,脸黑得如煤炭。

"我们啊,在地底下劳动了一个通宵。你看我的脚都受伤了。"

妹妹瘸着脚在我面前走了一圈,慧敏温柔地搀扶着她,小两口的爱情令人感动。

那一天,尽管妹妹挽留,我们下山后没再去妹妹家中。

回到村里的路程虽然是逆水,我们的船却只花了两天两夜的时间。

如今远蒲老师已经搬来我这里。我们总是在清寂的夜里坐在月桂树下,将脸转向陨石山所在的方向,一下子就想起了那边的事。远蒲老师很肯定地对我说,这世上不会再有什么事能像陨石山一样吸引他,不过他也不想再去那种地方了,上一次陪我去是他最后一次。他说这话时并不显得颓废,我心里为他感到高兴。

现在,慧敏和妹妹在我们的记忆中都不再是具体的人了,我们仍然为他俩牵肠挂肚,但都不会坐船去看他俩了。我甚至觉得,幸亏妹妹嫁到那边去了,才有了我这绵绵无尽的思念啊。也许她天生就是适合去地底下工作的那种人嘛。至于远蒲老师,我感到他是两个人,他住在村里,但他又有另外一种生活,在那种生活里头,他成了慧敏一类的人。正是我同远蒲老师的结合,使我慢慢发现了妹妹的真实的内心。在那座狂暴的石头山上,妹妹找到了她自幼所渴望的一切。既然她那火热的激情可以从石头里拍出泉水来,便没有她做不到的事吧。从前的一切像场梦。一贯文静的妹妹一下子就被这个干巴瘦小的青年勾走了魂,似乎有点蹊跷。其实呢,这事也是命中注定,大概慧敏一直在那边等,等着妹妹长大成人,才有了后面的事吧。

沼泽地边的雷火与荠叔

雷火吼出那一声之后就朝荠叔的所在地奔去了。他刚才是在同爹妈吵架。爹爹嫌他在沼泽地待的时间太长，同荠叔那种人太亲密。按爹爹的说法，荠叔并不能算一个人，只不过是一种未成形的异类，雷火同他在一起的时间太长的话不会得到很好的教养，只会变得视力模糊。而视力，是下王庄人吃饭的本钱。因为下王庄人世世代代都是猎人。

荠叔有一条短腿和一只独眼，模样的确奇特。他是村里的低保户，只消耗很少的粮食和蔬菜。他的乐园就是那片被村人嫌弃的沼泽地。他清晨挂着拐杖，带着午饭往沼泽地那边走，在沼泽地边上待到太阳落山才慢慢回家。他喜欢待的地方有一片水潭，水潭里长着澡盆一般大小的睡莲，那些睡莲的叶子的边缘竖起来，形成一个一个的真正的澡盆。睡莲花则是金色的、很少见到的品种。一些浅棕色的、胸前有棋盘格子的小鸟总在那些澡盆里沐浴。荠叔坐在草地上似睡非睡，口中轻轻地唤着："雷火，雷火……"

他们俩是同时注意到对方的。注意了就认识了，认识了就再也分不开了。荠叔喜欢雷火的好奇心；雷火喜欢荠叔的深谋远虑。青年来的那一天荠叔隔得好远就听见了他的脚步声，荠叔静静地等着他来。在雷火看来，这位荠叔的心中藏着无穷的奥秘，他只要略知一二就可以回味无穷了。但雷火总是被挡在外面，他碰到了厚厚的、密不透风的壁垒。日复一日，雷火的努力并没有进展。可他毫不气馁，仍然坚持这种厮守。

沼泽地里只有植物和体型很小的动物，没有真正的猎物。即使有，这两个人也对狩猎毫无兴趣。雷火想，他和荠叔是这里的守护人。一开始，他俩一言不发地坐在荠叔常坐的那块草地上，雷火竖耳细听。沼泽地里有很多声音，荠叔体内也发出一些模糊的声音。雷火想，荠叔体内的声音可能是对沼泽地里的那些动物的回应。如果自己能够辨别那些小动物的声音了，自己就也能听懂荠叔体内的应和了。后来，雷火已经能分辨出豉虫，细小的水蛇，蛤蟆，好几种少见的蜂鸟，蚂蟥，血吸虫，微型蜥蜴，小娃娃鱼，等等等等，但对于荠叔体内的声音，雷火完全不能捕捉它们的意义。荠叔是谜中之谜。

"你同荠叔有什么共同点呢？"爹爹对雷火说，"他是山林的病孩子，他永远达不到正常人的智力。当然，这个人的确有些奇怪的感觉，那是我们解释不了的。我有时也忍不住佩服他。不过那种能力并不能让他成长起来，那又有什么用呢？你说呢？"

"我不知道。"雷火犹豫地回答道。

雷火想，爹爹说这些的意思真的是要他疏远荠叔吗？好像是，又好像不是。一个山林的病孩子有什么值得别人警惕的呢？既然连他这个优秀猎人都佩服他，那么他总是有他的过人之处，为什么爹爹要责备自己与他总泡在一起呢？这些念头让他对爹爹产生反感，所以在争吵中，他就大吼一声从家里冲出去了。他回忆当时的情况，记不清自己吼出来的是一个什么词。很可能那根本不是一个词，只是类似于狗的狂吠。

现在同荠叔坐在这草地上，周围的一切是多么清爽啊！雷火听到荠叔的体内传来一种声音，就像泥潭里冒出了几个气泡。这种声音他从前没听到过。他移动了一下身体，同荠叔挨近了一点。荠叔用独眼瞪了一下雷火，说：

"猎人，半山腰。"

"猎人已经抵达了半山腰？"雷火问道。

荠叔点点头。雷火看见胸前有棋盘的小鸟落在了荠叔的肩头，大概它以为荠叔是一棵矮树。雷火感到荠叔对村里人的行踪了如指掌。他的听觉似乎不是通过空气来捕捉声响的，而是另有途径。爹爹说荠叔的这种能力没有用，可对于狩猎，这不是有最大的用处吗？这到底是怎么回事？

雷火又想，他自己才是一名残疾人呢，他从来也追不上荠叔的听觉，只是傻傻地同他坐在这里。如果说有谁能被称作未成形，那只能是他雷火。不是连小鸟都不落在他身上吗？不管怎样，雷火那颗慌乱的、无定准的心，只有在荠叔这里才能得到宁静。从小到大，他都琢磨不透下王庄的村民。雷火满二十周岁那年向爹爹表明了不愿做一名猎人的意愿。为了这表白，他准备了十多天，最后终于鼓起勇气说了出来。爹爹倒并没有大惊小怪，只是望着他说："不做猎人，你又能做什么呢？这里是下王庄啊。"雷火不知道自己能做什么，至今也不清楚。只有一件事越来越清楚了，这就是他必须（最好是每天）到沼泽地来陪伴荠叔，有时他来了，但大部分时候，家里总有各种各样的家务事牵扯着他。爹爹说，既然他不做猎人，他就得在家里多干活。

荠叔在草地上坐得笔直。以往每当他要站起来时，他的动作就很奇特。他几乎是从草地上蹦起来，然后就用独腿站直了。一开始，雷火几乎不相信自己的眼睛。他在心里惊呼：简直像一个杂技演员！

"雷火……火！"他说。

"荠叔。"雷火尊敬地应着他。

因为同家里吵了架，雷火决定要在沼泽地里待得久一点儿。

巨蜥出现时，雷火一点都没注意到，他还以为那是一堆泥泞。因为他以为这个地方并无大型动物。荠叔却是早就注意到了，但他坐在那里一动也不动，只是那只独眼里闪着很亮的光。雷火终于发现了它，他有点想跑，可荠叔的那种态度仿佛是一种命令，让他像被吸在原地了一样。那家伙慢慢地朝他们移动，荠叔眼里的光也越来越亮。一瞬间，雷火产生了一种地老天荒的感觉——怎么会有这种从儿时就期待的事发生？他身处何方？

当雷火的目光又一次落到荠叔脸上时，他眼里的光已经消失了，那只独眼正和蔼地望着雷火。而那只巨蜥，正在慢慢地远去。周围的小动物又喧闹起来，雷火忽然记起，巨蜥的行动是悄无声息的。那么，它是来探望荠叔的吗？荠叔的目光中对它充满那么多的渴望！雷火想，荠叔的听觉不受物体的阻挡，他现在一定听明白了那大家伙的行踪，并且知道这个沉默者住在什么地方。说不定它和他才是真正的同类呢，外表是说明不了问题的。雷火感到今天是他生活中的一个转折点：他同家里人吵了架，又在这沼泽地里遇到了可怕的命中煞星。荠叔的身体现在变得很安静了，他看起来心满意足。一想到荠叔心中的大部分爱都是献给那大家伙的，雷火不由得心里生出沮丧。他扪心自问之后，认为自己是不可能爱上那相貌凶残的家伙的。可刚才为什么会产生那种地老天荒的感觉？他自己在不由自主地盼望什么发生？莫非这一次，他所盼望的和荠叔盼望的是同一件事？瞧，荠叔已经蹦起来了。现在，他俩都要回家了。沼泽地里闹得多么厉害啊！

然而他俩又遇到了巨蜥,它在马路旁边的浅水沟里蹲着,那沟里杂草长得很高,它将头部伸到杂草之上,像化石一样。

"哈!"荠叔高兴地指着它说。

"哦,它真了不起!"雷火惊叹着。

他俩从巨蜥的旁边经过,没有停留。

雷火在家里剁猪菜,他今天没法出门。

"爹爹今天有收获吗?"他停下手里的活儿问道。

"没有。有野猪,但不能打,打了之后山里就没有它们了。"

"唉唉。"

"你这个小鬼,叹什么气啊?"

"不当猎人不行吗?"

"当然不行!"爹爹严厉地说,"都像荠叔那样,村庄还怎么维持下去?所有人都要饿死了!"

雷火继续剁猪菜。他在心里反驳说,爹爹说得不对,就是不对!荠叔有荠叔的生存办法,所有的人都去当猎人也不见得就不会饿死。想到这上头他不由得伤感起来——如果爹爹和妈妈真的饿死了,那时他在哪里?荠叔吃不到低保,还能活下去吗?这时爹爹从上面看着他,口气缓和地说道:

"雷火真傻气。其实啊,即使大家都像荠叔一样生活,也死不了的。你想说的就是这个,对吧?总有办法……"

爹爹的眼神竟有些迷离,雷火从那眼神里读出了很多意思。他到灶屋里去摆弄那几只死山鸡去了。雷火感到他的身体里透出寒气。爹爹会不会认为他在家吃闲饭,要拖累全家?好像他又并没有这个意思。

他煮的猪潲猪很爱吃,因为他懂得猪的爱好。每次杀猪,雷火都要哭起来,忍也忍不住。现在他架上大铁锅开始煮潲了,他很喜欢这个工作。他一开始煮红薯藤便想象出猪吃潲的样子,他知道如何将潲煮得恰到好处。他听到猪在隔壁栏里发出急切的哼哼声,尤其是那头花猪,于是脸上不由得浮出微笑。有好几次,他忍不住将小花猪从栏里赶出,赶到外面的大路上。但小花猪站在路当中一动也不动,后来居然躺下了。雷火很无奈,只好将它赶回栏里。雷火做这件事时总在半夜。他注意到每次都是繁星满天。他想,让它出逃是一种妄想吗?

煮完猪潲,让潲冷着,他就去菜园里浇水。

有一个人站在冬瓜棚架那里,他正用耳朵贴向那个最大的冬瓜。当然是荞叔,雷火早就认出他来了。他怎么没去沼泽地?然而这让雷火异常兴奋,因为荞叔是第一次来他家啊。

"最大的,最大的……"雷火红着脸说。

"好……"荞叔比划着说。

雷火忽然就看出来了:这个冬瓜的形体和颜色很像沼

泽地里的巨蜥！真是越看越像啊，莫非是那东西的化身？荠叔大笑起来，雷火疑惑地想，他在笑谁？荠叔笑完后就朝雷火挥手告别了。雷火发现荠叔今天居然没拄拐杖，像蛙一样灵活地跳着往前走。他用独腿跳出来的那种姿态很难用语言形容。雷火想，巨蜥和冬瓜完全是两种东西啊，荠叔是如何看出它们之间的相似来的？雷火学着荠叔的样子也将耳朵贴到冬瓜上面，但他什么都没听到，显然他不具备荠叔那种听觉。他突然记起爹爹将菜园的围栏门加高加固了，还上了锁，这就是早几天的事。爹爹是为了防止荠叔进来吗？那么荠叔是怎么进来的？他能飞进来吗？爹爹正是为了让他飞进来才改造园门的吗？雷火感到爹爹同荠叔同样古怪。

给冬瓜浇完水，雷火就去喂猪食。

小花猪边吃边幸福地哼哼着。啊，多么驯良！啊，多么通人性！雷火在心里惊叹着，看得入了迷。他忍不住伸手到猪槽里拣了一撮红薯藤放进口中嚼了起来。

"雷火，你吃什么？"妈妈问他。

"嘿嘿……"他尴尬地笑了笑。

"雷火，你做事太用心了。还是放松些好。"

"有句老话不是说，人畜同理吗？"

"我们的雷火真是个好孩子啊。"

雷火喂完了猪便坐下来休息一会儿。透过窗玻璃看见菜园里的冬瓜，他又一次想起了那种相似。尤其是颜色！

简直一模一样,并且如果那巨蜥没有腿的话,它的身体就正是这个冬瓜的形状。雷火小的时候在水塘边看见过一只蜥蜴,也是这种形体和颜色,只不过很小,只有他当时的巴掌那么大。难道巨蜥同他小时看见的那一只是同一只?它又是如何走了很远的路,最后来到沼泽的?这些谜大概荠叔能够解答吧。既然爹爹认为荠叔不能算一个人,也许他是蜥蜴的亲戚?雷火觉得荠叔的外表像蛙。

"雷火,你很快就十九岁了,我们买一只小花猪给你做宠物好吗?"

"不要,妈妈。我不喜欢在家里养宠物。"

"那么你喜欢干什么?"

"不干什么。只要同意我每天去沼泽地就可以了。我想起来了,妈妈,那边水潭里有一株睡莲向您问好来着。"

"你怎么看出来的?"

"我跟荠叔学的。在那边,没有他不知道的事。"

"荠叔真了不起。他知道怎样做才是正确的。荠叔的父母不是这个村的,他们逃荒来到下王庄,就再也没离开。他们的坟就在沼泽地边上。荠叔每天去那里,是想同父母待在一块呢。"

"荠叔的父母长得和村里的人不同吗?"

"有些不同,但我说不上来。他们的额头……"

妈妈使劲回忆了一会儿,突然打起了哈欠,说她困了,然后她就到卧房里去了。雷火很吃惊,他反复念叨:"他们的额头,他们的额头……"后来他又想,自己要不要养宠物?答案很快就出来了:不要。他可以肯定,荠叔也决不会养宠物,哪怕天天看见邻居杀猪也不会养。不知为什么,雷火不由自主地发出了一声冷笑,接着又被这冷笑吓了一跳。他心里有点烦,就走到马路上去了。他看见下王庄的人们都从田里和地里收工回来了。当他呆立在路当中时,这些人都绕着他走。然而他还是听到了一些人的耳语,他们在说:"雷火,雷火……"他们的语气里面透着忧虑。这些邻居,他们是为他雷火而忧虑吗?在雷火的印象中,村人都是很强悍的,几乎从来没发现他们有什么忧虑。

所有的人都走完了,大路上变得空空荡荡的,雷火还站在原地。雷火听见自己的心里有个声音在喊,但他听不清喊些什么。也许是小花猪在喊?这时一个真实的声音响了起来,是妈妈喊他回去吃饭。

他们吃山鸡,香喷喷的。爹爹吃饭时说起在山里的时候,他差点将荠叔当猎物打死了。"他挂在树上,我以为他是豹子。他不是每天待在沼泽地里吗?怎么到了山里?这个独腿上树倒是很利索。我听见他喊了起来,就感到很丢脸,灰溜溜地下山了。唉。"

雷火瞪大了双眼,饭也忘了吃。这种事实在超出了他的想象!但是爹爹似乎很后悔说了这件事,他阴沉着脸,放下碗到外面去了。

"荠叔是你爹爹的心病。有时他同他较劲,有时他又对他欣赏得不得了,因为荠叔总是走在每个人的前面。"妈妈说。

"可爹爹老说他不是一个人。那么他是什么呢?"

"你的爹爹,他在夸荠叔呢。"

"那他为什么不想要我同他老待在一起?"

"因为家里有活要干嘛,因为梦想不能当饭吃嘛。"

雷火低头扒碗里的饭。他兴奋地想,爹爹败在了荠叔的手下。他一想到树上的荠叔就热血沸腾,他居然骗过了一双猎人的眼睛!荠叔究竟是什么材料做成的啊!

"雷火,你可不要反对你爹爹啊。"妈妈柔声说道。

"不会的,妈妈。"

雷火在院子里劈柴时仍在想那个问题:荠叔在树上发出了什么样的声音呢?莫非是豹子的叫声?爹爹像困兽一样在围墙那里走来走去,大概还在为这事生闷气吧。雷火知道在爹爹心中,猎人的尊严是至高无上的。

雷火放下斧头时,爹爹忽然走到他面前问:

"雷火,你想过撇开我们,同荠叔去周游世界吗?"

"我还没想过这事呢。"雷火老老实实地回答。

"嗯,那就多想想吧。"

雷火愣住了。后来他想,爹爹的心里有个什么东西崩溃了。

荠叔一早就在雷火的家门口等他。他说要带雷火去一个地方。

"不是去沼泽地吗？"雷火疑惑地问。

"差不多吧。"荠叔含糊地说。

荠叔跳着走在前面。但忽然有一辆三轮车停在他俩面前，蹬车的那汉子居然有三只眼睛。

荠叔一跳就跳上了车，雷火也跟着上去了，两人坐在车后面。

"他也在村里活得不耐烦了吗？"那汉子问道。

"他，有野心。"荠叔微闭着独眼说。

"有野心？好哇！去那种地方的都有野心。"

汉子将三轮车蹬得飞快，雷火看见车子出了村，再过一会儿他就弄不清方向了，好像车子一直在沼泽地边上跑，不过不是他熟悉的那块沼泽，而是另一片沼泽地，无边无际，十分肥沃，到处生长着原始的、奇形怪状的大树，巨型的鸟儿在空中盘旋，几乎每棵大树下面都有一两只巨型的蜥蜴，模样类似雷火看见过的那只。雷火不眨眼地看着眼前的风景。这片沼泽地里好像除了巨鸟和巨蜥没有别的动物，而这两种动物都很沉默，所以这里是一片死寂。可这条路是怎么回事？通往哪里？它是围绕着沼泽而修的，路的另一边是陌生的农舍与农田。雷火看见沼泽地里有一片乌黑的水在冒气泡，就想，那水下大概有动物。

"荠叔，这个地方的地名叫什么？"他鼓起勇气问道。

"没有名字。"荠叔回答。

"这孩子，果真是活得不耐烦了啊！"汉子嘲弄地说。

雷火的脸发烧了,他把脸转向车外。这时有一只巨鸟擦着他的脸飞过去,他的脸被粗糙的羽毛擦出了血。他用手捂着脸。

"好!好……"汉子说。

汉子将车子踩得更快了,雷火感到车子在飞,于是用手死死地抓住车座上的铁护栏。雷火听见荠叔在呻吟。

车子猛地一下停在路边。雷火听见汉子说:"我回去看看。"接着就看见他下了车,走进沼泽地里面去了。荠叔招呼雷火也下车。他对雷火说:"这里面是淹不死的。"他说了这句后就撇下雷火,独自跳进了沼泽地。荠叔的动作令雷火眼花缭乱,他比猴子还灵活。只见他踩着水跳上跳下,没多久就消失在那些古树的幽深处了。雷火心里想,既然荠叔告诉他这里淹不死人,并且这里又好像是车夫的家,他就不应该害怕。他刚刚谨慎地朝湿地迈了两三步,就感到自己在这个死寂的处所引起了巨大的骚乱。两只巨鸟在空中发出凄厉的叫声,似乎正在朝他扎下来,但扎错了地方,于是又飞回了高空。他还听见水坑里有很大的响动,不知是什么动物。而在远方,那古树下,两只巨蜥正朝他所在的地方爬过来。雷火不由得发出喊声:"荠叔!荠叔!您在哪里?"

"我在家里……你好自为之吧!"车夫在什么地方回答他。

在水中游了一会儿,雷火就产生了一种怪怪的感觉:

这地方既不让他下沉,也不让他站在坚实的泥地上。他只能极为缓慢地顺势游动。到处是冒泡的浑水,好像并没多深,又好像深不可测。巨蜥离他越来越近了,也许它们是友好的?雷火想挪到近处的一棵树旁去,这样就可以抱住树干,心里就会有种踏实感。但现在他身不由己,只能随遇而安。他对自己说:"急什么呢,这里反正淹不死。"他回转身去看那条大路,可哪里还有路?只有无边无际的沼泽。他后悔没有问一下荠叔这个沼泽地同他们往常所待的沼泽地是不是同一个。巨蜥涉水过来了,但不再靠近他,两只都待在离他几丈远的地方。它们并不看雷火,只是相互对望着。也许它们是情侣吧。雷火终于弄清了水坑里的响声——是一些鳄鱼,它们露出的身体像一些小山,雷火从未见过这么大的鳄鱼,这给他一种虚幻的感觉。这地方变得如此嘈杂,雷火的脑袋也在轰轰作响。令他焦虑的是天空中的那两只巨鸟,它们一次又一次地朝他扎下来,可每次都扎到了他近旁,而不是他身上,它们的视线似乎有一个角度差,总对不准它们的猎物。雷火的脑子里忽然冒出一个念头:爹爹是不是有些像这两只鸟儿?这个念头令他哈哈大笑,笑声驱散了他心里的焦虑。

"荠叔!荠叔……"他又喊道。

"我在家门口,我在看着你……"又是车夫在回答他。

雷火想,车夫和荠叔将他送到这里来,就是为了"看着他"吗?刚想到这里,巨鸟中的一只又扎下来了。这一次扎到了他的肩膀上,那铁钩一般的爪子深深地嵌入了他的肉里头,他尖叫起来。但那鸟儿很快就放过了他。

"雷火,这是游戏,你可要挺住啊!"车夫的声音又传来了。

奇怪,他肩膀上的伤口并没有流血,而且很快就不疼了。

雷火看见水坑里的一座山升起来了,越来越高,将天空都遮暗了。要不是看见那张普通大小的嘴,他简直不能相信这个身躯属于鳄鱼。世上怎么会有这么大的鳄鱼?相当于七八层的高楼!而且雷火感到脚下的淤泥也在动,也许那不是淤泥,是这怪物的身躯。也许他一直站在它的身躯上?这会是一个什么样的游戏呢?当他切身地感到空间的逼仄时,他腿一软就晕过去了。

"雷火,雷火……"是荞叔在唤他。

雷火睁开眼,看见自己和荞叔躺在古树下。他们躺的这块地居然是干燥的硬地,而周围全是水坑。

"雷火。"荞叔说。

"荞叔。"雷火应道。

"雷火。"荞叔又说。

"荞叔。"雷火又应道。

他们俩一呼一应像在游戏。雷火看着上面那钢蓝色的天,惊叹着。然而那两只巨鸟不见了,它们回家了吗?雷火突然感到,也许此地就是自己的家?这个没有名字的地方,有可能是他的真正的家,而村里的那个家,只不过是暂时寄住的家。村里人中除了他，还有谁会不知不觉地在巨鳄的背上站那么久？瞧那些水坑，现在那些巨无霸都沉下去了，水面就像空无一物。难道它不是为他雷火才现身的吗？当然是。那两只巨蜥还在树下。它们是多么恩爱啊，就像化石一样一动不动地看着对方。可它们先前的确是朝他雷火走过来，就好像它俩的爱情同雷火直接相关似的。

"你是谁？"荠叔问他。

"我是您的侄儿。"

"你是雷火，我刚才忘了。"荠叔说话流利起来了。

现在他俩都坐起来了。

"你爹在叫你。他站在草药店门口。"

"荠叔，您的听力真好。"

荠叔指着水中鳄鱼的背，它仅仅露出很少一部分背部。雷火心里想，这一回，它是露给荠叔看的。

"荠叔很喜欢它吧？"

"它是我养着的。"荠叔自豪地说，"雷火，你还记得那些睡莲吗？好多年里，我养着这些宝贝。"

"可是我在那边的沼泽地里从来没见过大型动物啊。在那边的时候，您从来不说话，我每天揣测您。"

"这边就是那边，雷火还不明白吗？那时候，它们在睡莲底下的很深的处所。"

"啊！"雷火惊叹道。

荠叔朝着那鳄鱼吹了一声口哨，鳄鱼就沉下去了。接着他就一边跳着站起来，一边催雷火也起身快离开。因为太阳快落山了，太阳一落山，此地就很危险。

"我们得走好远好远才能回到村里吧？"雷火问道。

"用不着，老柴的车子在路边等我们。"他说的是车夫，"老柴的工作就是运送工作，他是为沼泽地服务的。谁活得不耐烦了，他就送谁到这里来游戏。"

"可是我没有活得不耐烦啊。"

"那你为什么不肯做猎人？你就别装了吧。"

雷火想，原来是这么回事。说话间两人已经到了那条路上。那辆三轮车果然停在那里，车夫正在打瞌睡。

他们走近时，老柴立刻就醒了。

"瞧他肩膀上的伤口，裂开那么宽！"老柴嘲笑道。

雷火不由自主地去摸被巨鸟的铁爪抓过的地方，但那个部位并无伤口，连他的衣服都没弄破。这是怎么回事？

雷火和荠叔在后座上坐好后，车子就飞跑起来。

"我要将伤员尽快送回家！"老柴大声说，"村里的空气和水会让伤口马上愈合。这家伙运气好，碰上了我。"

最后的告别

在我发热的夜里,茅爹那喑哑的山歌声就从窗口飘进来了。茅爹的声音不好,唱歌时还有点上气不接下气。可我只要听到那歌声,眼里就会有泪。那是山风,是百年松树间的乱云,是岩石吸收晨雾时的呼吸。茅爹坐在我的房子前面的院子里编竹篮,他那低沉的歌声给我的热病带来了缓解。

他是五年前到来的。我看见他站在院子里,又瘦又小,只有十岁的孩子那么高,背上背着一个蓝色的布包袱。他的眼睛高度近视,几乎是摸索着行动。他说他是我父亲的同事,远方的父亲去世前嘱咐他来照顾我。"因为你患有热病。"他说。当时我觉得我父亲脑子里总有一些怪念头,一个风都吹得倒的老头,怎么能照顾我?

我让他在边屋里住下,他满心喜悦地答应了。看来他的性格很乐观。他告诉我他有编织的手艺,可以赚钱养家,他还说喜欢这个村子。

　　我的热病是定期发作的，一个月里面要发两三次，无药可治。我常想到死，我爹爹不是已经死了吗？也许是独居加重了我的病症，茅爹来了这五年里，我的病一年比一年减轻。父亲是因为热病而远游的吗？我常思考这个问题，很想找到答案。在那些昏沉的夜里，当罂粟的汁液渐渐涨满，风鼓起船帆时，旅人体内的器官是如何样与世界事物呼应的？茅爹这样的人就是为我和父亲这样的人而存在的吗？要不然他为什么无怨无悔地来照顾我们？我对父亲的印象很模糊，他出走时我还很小。母亲和我将他送到码头上，她转背就拉着我回家了。"钉子，你要成为爹爹那样的人。"她对我说。我刚满十五岁母亲就去世了。我在家乡做磨刀匠，糊里糊涂地生活和患病，自己根本不知道自己是不是成为了爹爹那样的人。我知道父亲也有热病，但是不是发作起来也同我一样呢？母亲大概是很欣赏父亲作为病人的风度吧。

　　昨天下午，我磨完刀回家时，茅爹也赶完集回来了。

　　"钉子，我卖了十个篮子，我们庆祝一下吧。"

　　于是我们包猪肉饺子庆祝。

　　吃着味道鲜美的饺子，我终于忍不住问了茅爹：

　　"我的爹爹，在旅途中发病时是什么情形？"

　　"他是一名英勇的斗士。他就地卧倒，继续远游。"茅爹微笑着说。

"但我从不远游啊。"我低声咕噜。

吃完饭,茅爹拿出一个绣花香囊送给我,说那里面的香料有延年益寿的功能。我说我多半会短寿,因为父母都这个样。

"不是这样的。"茅爹严肃地说,"我和你都会寿命很长。"

茅爹回他的房里去了之后,我将香囊打开,放到灯光里去细看。那些五颜六色的香料让我产生了一阵眩晕,我差点跌倒在地。勉强坐稳以后,才看清香囊上绣着一头怪兽,口中含着一根骨头。也许长寿是十分可怕的一件事?我将香囊收进衣柜后,仍不时地开柜看一看它,但不敢再看里面的香料了。

茅爹总是鼓励我到远一点的村子去开展业务。我谈到对发病的担忧,并且我不愿给陌生人添麻烦。一想到很多人围着我,我就觉得难以忍受。

"你这个小鬼!"茅爹笑起来,"万一倒地发病,你不就可以趁机远游了吗?"

这可是很新颖的观点!为什么我不能像父亲那样做呢?我的心在蠢蠢欲动,一些模糊的计划出现了。我的第一站是优村,离我们村三十里路,我还是小的时候同母亲一块去那里走过亲戚。

我一早便出发。茅爹叮嘱我说,万一今天赶不回来了,就不要勉强,要随遇而安。说着话,他又往我包里塞进了两个刚烤的烧饼,那烧饼香气四溢。

走上了出村的大路,我的思绪也开始放飞了。这么多年了,我一直在我们洪村和邻近的流村做业务,赚钱很少,但对我来说也够了。现在在茅爹的恣惠下,突然就去远处的优村了,这事令我隐隐地激动。

因为有病,我不能走得快,所以到达优村时快黄昏了。

"磨剪子咧,抢菜刀!"我在村头放开嗓子喊。

优村的房子都很新,但家家关门闭户,静悄悄的。我一路喊过去,从村头喊到村尾,还是没有一家开门。我看到了一些烟囱里的炊烟升上天空,那是他们在做饭。他们为什么不开门?我知道原来有一个磨刀人负责优村的业务,可是那人几年前去世了。现在优村人如果要磨刀就得到三十五里路远的集上去,很不方便。

于是我再从村尾向村头走,努力让自己的声音更动听一点。还是没有用,他们不吃这一套,他们像防贼一样防着我。我一共走了两个来回。这期间我看到了路边有个柴棚,门半开着,里面很宽敞。我打算弄些茅草到柴棚里去睡觉,因为天已经黑下来了。这个村子真奇怪,连条狗都没有,所有的人都那么安静。很快,我就看见这些人家房里的灯相继都灭了,可能他们都早早睡下了。我考虑到一种可能,这就是这里的人们都非常专注于他们自己的生活。他们吃过饭过一会儿马上就要上床睡觉,也许竟是躺到床上去考虑问题。他们不能容忍外人来干扰他们的生活节奏。

所以他们对我在村里发出的叫喊充耳不闻，也许还在房子里发出冷笑，笑我不自量。

　　柴棚旁边就有白天被晒干了的稻草，我不用去找茅草了。铺好了草，我也累了。为什么不美美地睡一觉呢？我可以明天再说。茅爹说的，要随遇而安。如果运气好的话，说不定可以进入到优村的人们的梦境中去呢。

　　在柴棚后面悄悄地小便之后，我就在厚厚的稻草上躺下了。我惬意地翻了几次身，很快睡着了。这一觉就睡到天亮。

　　我走出柴棚，便看见优村的人们已排起了长队，每个人手里都拿着刀具。

　　"年轻人，你快过来，我们等不及了，村里今天还要杀猪呢！"一位长者说。

　　我跳起来，挑着我的工具奔向他们。

　　一直到打发走两个顾客，我才记起自己还没吃早饭。有人塞给我两个馍，我擦了擦手，赶紧吃了起来。

　　"我们昨天就听见你进村了。"一位大妈说，"可是那个时候我们都在发病，所以不能接待你——我们必须上床休息。"

　　"什么病？"想到全村人都发一种病，我大吃一惊。

　　"是热病。"她说。

　　我"啊"了一声，差点被馍呛住喉咙。

　　"你的声音真好听，"一位小女孩说，"从昨天起我一直

233

想来谢谢你。"

"不用谢,不用谢。这是我的工作。"我脸红了,心里像吃了蜜一样甜。

我脱下外衣,准备大干一场了。这是什么样的好运气啊!

后来我又注意到,优村的人精神都很好,一点也不像我发过热病后的样子。为什么呢?有一位老大爷,大概已经八十几岁了,目光还像湖水一样清澈。我问这位老大爷,发病时难不难受?老大爷回答说,夜里能听到遥远的山里传来的歌声,歌声一起来,热病就缓解,一点一点地消失。由于有了这种期盼,大家反而对于在夜里发病有点欢喜。我看了一眼那湖水一样的目光,深信他说的情况。

有一位大嫂在我帮她磨刀时告诉我,我的面相对她来说很熟悉。

"你会常来优村吧?我叫蚁嫂,蚂蚁的蚁。"

"蚁嫂,您放心,我一定会常来。我喜欢这里。"

"好多年以前,有一个人,是卖竹器的,有时会来村里。大概一年一次吧。他每次在村里待三天,就地取材编小型竹器。我们帮他搭了这个柴棚让他住,但他情愿露宿。他是个铮铮铁汉,我忘不了他。"蚁嫂深情地说。

"也许那人是先父。我不能确定。"我停止了磨刀,仿佛受了惊吓。

"啊,年轻人,你不要往心里去。我说的是我的一位表叔，你长得有点像他。"

她交了钱，拿了菜刀赶快离开了。旁边的邻居纷纷指责蚁嫂，说她在撒谎，还说那个什么表叔可能是她在发热病时想出来的。

"不过这位小哥的模样的确很特别。"一位少妇说。

"你说说看？"站在她后面的大胡子嘲弄地问。

"他的模样，让我想起来过村里的几位陌生人。"少妇挑衅地回答。

"原来是陌生人，陌生人有什么特别的啊，小题大做。"大胡子咕噜道。

"远方来的陌生人，用他们的歌声改变了优村的命运。"少妇提高了嗓门。

我听了这话连忙声明：

"可我根本不会唱歌，我只会磨刀。"

这时少妇和她身后的女孩就异口同声地说：

"小哥不要谦虚了，昨天傍晚你唱得多美妙！"

于是好几个人围拢来告诉我说，整整一夜，我的美妙的声音在他们耳边回荡！

"蚁嫂说的那个编竹器的人到底有还是没有？"我问他们。

于是他们都沉默了，散开去。只有一位中年汉子凑近我说：

"那个人不守信用。他承诺第二年还要来，可他一去不复返。"

"也许他去世了……"我喃喃地说。

"也许。"中年汉子同意了我,"可那一年对全村来说是场灾难。你体验过那种希望被砸得粉碎的漫漫长夜吗？那种煎熬……如果他不向我们许诺,这里就没有那么多的伤痛。你说那人是你父亲,莫非你是来还债的？"

"我想,我就是来还债的。我不清楚内幕。我愿意跳进来充当这个角色。"我激动地说。

我冲口而出说了这些,但我一点都不后悔。围住我的人们开始后退,每个人眼里都发出赞赏的光芒,向我点头示意。我用加倍努力工作来回答大家。我额头上的汗水就是证明。

全村人的刀具都磨完时,太阳已偏西了。我记得中途我吃了他们送来的饭菜,还喝了浓茶。乡村傍晚的氛围激起了我心中的伤感,我急着要回家去。他们全都劝我夜里待在优村,因为这一路并不安全。那位少妇还将被褥和枕头送到了柴棚里。

"昨天你治好了我们的病,我们要用晚宴招待你。"中年汉子说。

我惦记着茅爹,我也急于向他诉说我在优村的遭遇。茅爹怂恿我来优村,不就是想让我重走父亲走过的路吗？可怜的爹爹,人们误解了他,但我能帮他消除这种误解,我是爹爹唯一的希望。

我谢绝了村民的好意,怀揣三个葱油饼上路了。他们都站在村头向我挥手。

当三个葱油饼吃完了时,天已黑下来了。

天虽黑,那条路还是看得见。我提高了嗓门大声唱道:"磨剪子咧,抢菜刀!"既给自己壮胆,也为优村的人们治病。我唱了约莫半个小时,嗓子都唱哑了。

后来月亮出来了,将卵石路照得亮闪闪的。有一个人朝我走来,一顶黑风帽遮住了他的脸。我有点紧张。

"伙计,你是去优村的吗?"我干脆大声向他打招呼。

他没有回答,也没有露出他的脸。他从我身边擦过,用力撞了一下我的腰。我痛得摔倒在地,磨刀石也砸在了地上。当我挣扎着坐起来时,这个力大无穷的家伙已见不到踪影了。隔了一会儿,我便听到了熟悉的山歌,不过不是茅爹唱的那首,声音更浑厚,含义更复杂。这个黑帽人难道是我父亲?他的嗓音多么美!想到这里,我身上就生出了力量。

"爹爹!茅爹!爹爹……"我在心中呼唤着,两条腿越来越有劲了。

我到家时已是后半夜。远远看去,我的家笼罩在一团柔和的光晕中,茅爹的歌声断断续续地传来。他坐在屋前编竹篮呢。

"茅爹,茅爹啊!"我哽咽着喊道。

"钉子回来了。"茅爹站起来说,"今夜是你爹的忌日,你见到他了吗?"

"我?我见到一个人,他将我撞倒在地。他还像你一样唱山歌。"

"这就对了。他将你撞倒,是为了让你领教他的力量!"

我们进屋去吃早饭。茅爹坐在桌边,忽然流泪了。

"茅爹啊——"我轻声唤他。

"我想念你爹爹。"他说。

"他一定会回来见您的。"

"不,他不会回来。因为你在家里。他要让你自由自在。"

从优村回来后,奇迹发生了:我的病渐渐痊愈了。后来我又去了两个更远的村子,每次都很顺利,我交了不少新朋友。

有一天半夜里,我听到茅爹在同一个人对山歌。

那并不是我听熟了的那首歌,而是我从未听到过的。

茅爹的声音很嘶哑,对方的声音很陌生,很含糊。两人唱了又唱,像有诉不完的思念。我再也睡不着了,就起来穿上衣服,悄悄地走到屋门口,将耳朵贴到门上去倾听。我听到茅爹发出均匀的鼾声。难道他是在梦里歌唱?如果对方是我爹爹,声音又为什么那么陌生?

我回到床上,刚一躺下,茅爹又唱起来了。他唱得多么好啊。对方也在积极地应答,但我分辨不出那种声音是谁的。

"茅爹，您夜里同谁对歌啊？"早上我问他。

"当然是同你，钉子。这屋里还有谁啊。"

"可那不是我啊。我醒来了，我清醒得很。分明有个人在远方……"

"那就是你，你只要一醒来就忘记了。你在外面时惦记我吗？"他问。

"我的确惦记您，尤其在太阳落山时。那时有种想哭的感觉。"

"你瞧，我们在梦里也相互惦记嘛。我俩会长寿,对吗？"

我使劲点头，心中充满了感激。我想，茅爹是那么爱我爹爹，我爹爹还是匆匆地走了，将我留给了他。我该有多么幸运。茅爹将我看作爹爹留给他的宝贝。我爱茅爹，不光因为他的歌声减轻了我的病痛，更因为他指引我进入了一种令我心旷神怡的境界。啊,小小的近距离的远游！啊,给我带来勇气的、沸腾着阳刚之气的山歌！啊，平和自足的、乡村大地上的生活！我感到周围的一切都起了变化，变得同从前截然不同了。这一切的根源都在这个不起眼的矮小的茅爹身上。我觉得他是一种稀有的贵金属。

茅爹坐在院子里编竹器，孔雀就来了，他弯下身对孔雀说了些什么。孔雀在他周围走了两圈。他和它对视了几秒钟，然后孔雀就飞走了。

"这位老兄见过你爹爹。它自己也快走了，它是来同我告别的。"茅爹说。

"它真漂亮！"我说。

"是啊，它已经老了，还是那么美。"茅爹的声音有点凄凉。

也许茅爹在想最后的告别？我觉得现在还早呢。

又到了夜里，茅爹唱得那么动情，他要将山歌渗透我的灵魂。树木和花草听到这歌声，便用力向地下扎稳了根……我不是也在扎根吗？爹爹给我取名叫钉子，他希望自己唯一的儿子稳稳地钉在这大地上。

热病现在发得少了。不知为什么，我有点想念茅爹刚来时我发病的那些日子。一回想起那种缓解我就热泪盈眶。茅爹是我的偶像，我成不了他这样的人，因为我是爹爹生的，不过这也是幸运的事，因为茅爹来了。母亲希望我成为爹爹那样的人，爹爹究竟是什么样的人呢？在最近的远游中，我也遇到了像蚁嫂一样崇敬爹爹的几个人。我相信爹爹总有些了不起的地方吧。茅爹那么爱他，可能是因为他具有一般人的弱点。

有一天天快亮时，茅爹在敲我的窗子。

"钉子！钉子！他来了！"

"谁来了？谁来了？"我一边起床一边问。

"他是你爹和我的恩人。我得带你去见他一面，他在瓦寨。"

茅爹一定是早就起来了，他背着旅行袋，戴着风帽。瓦寨离这里有两百里路，难道我们要徒步走去吗？

"别担心,我准备了足够的干粮。"茅爹说。

我也学着他的样子,穿上麻鞋,戴上风帽。我还带了些钱,万一干粮吃完了,我就可以去买吃的。在茅爹的催促声中,我们匆匆出门了。我暗暗感到我们去见面的这个人是我生活中非常重要的人物,或许我生活中的转折点要来了。

我们一边走一边吃着油馃子。茅爹的情绪非常好,他对我说起爹爹在旅途中的一些琐事。他说起有一次爹爹和他在荒地里睡觉,一只鹰要来叼爹爹。那老鹰扎下来两次,都被茅爹赶走了,爹爹的肩头还受了伤。可是爹爹似乎另有想法,他离开茅爹独自站在岩石上。当鹰再次扑向他时,他用双手抓住了它的两腿,他和鹰就一道腾空了。后来那老鹰不堪重负坠了下来,它设法摆脱爹爹飞走了。当茅爹问爹爹感觉如何时,爹爹就用力摇头,苦笑着说:"很失败,很失败。"爹爹还偷过村民的黄豆,他被村民追打,终究逃脱。他边吃煮黄豆边说:"权宜之计,权宜之计,生活艰辛啊……"茅爹还记得他说话时的那种寒碜的表情。

"爹爹究竟为什么要远游?像我这样待在家里不好吗?"我问茅爹。

"像你这样生活当然好,是最好的……"茅爹没有说下去。

走着走着天就亮了。周围是陌生的荒野,只有我们在它上面行走的这一条小路伸向远方。这是不是爹爹想同鹰一样升天的地方?茅爹说爹爹坠落在地后就发了热病。他的病发了三天三夜,周围没有水。那一次爹爹居然没死,因为他的病情刚一缓解茅爹就找到了水。那是以前的旅行者挖的一个洞,洞里有水冒出来。但我宁愿相信,爹爹之所以没死,不是因为水,而是因为茅爹的歌声。

"茅爹,我要永远和你在一起。"我说。

"当然当然。"他说,脸上出现一个奇怪的表情。

我抬头望天,天上没有鹰,什么都没有,是那种冷冷的钢灰色。不知为什么,此刻我想到了我做活计的那几个村子,还有我自己的村子。我心中升起一股伤感,就像我在外工作时想起茅爹的那种伤感。

我们来到了一座木楼前。茅爹像唱山歌一般喊道:

"老板吔,麦子黄了吔!"

我听见有人从楼上下来了,那人打开大门迎接我们。

木屋的楼下什么都没有,空空荡荡。这位老人住在楼上。他领我们上楼。我想,他大概是那位恩人吧。可是瓦寨在哪里?这四周只有这一栋孤零零的房子啊。外面天快黑了,现在是吃晚饭的时候了。这位名叫豆爹的老人将我们带进各自的卧室就去准备晚饭去了。我发现我待的这间卧室的天花板上有一个敞开的天窗,从天窗望出去居然可以看到完整的天空。我走到茅爹房里,发现了同样的天窗。我说:"这种天窗,难道不怕下雨?"茅爹严肃地说:"此地从来不下雨。"

我们坐在豆爹的厨房里吃饭。豆爹煮了一条很大的鳜鱼，还有时鲜小菜。

"豆爹，你从哪里弄来这么好看的鱼？"我问。

"附近的港湾。"

"可这附近是荒原啊。"我不解地说。

"只不过走几步就到了港湾。"他简单地说。

我不好意思再问了。偷窥茅爹，见他正一心一意地吃饭。因为他俩都不说话，我就也一心一意地享受美味了。我觉得豆爹过着一种十分精致的生活，我想不出住在这种荒凉的乡下，怎么能把生活打理得这么舒适的。他一定是一个很有能耐的人，要不怎么能成为茅爹和我爹爹的恩人？

吃完饭我便抢着去收拾厨房。豆爹夸我："真是个好小伙子。"

我在哗哗的水声中洗碗时，听见豆爹含糊的声音在说："钉子……找到他爹了吗？"

他的话吓了我一跳。我瞟见茅爹在点头。我的手在发抖。好不容易收拾完了，他俩还坐在桌边没动，也不说话了。茅爹让我去休息，我就去卧室里了。

我躺在床上，看见了星空。我以前从不注意天空，今天不知怎么一下子就被吸引了。我隐约地感到这是我爹爹所去的地方，他曾睡在这张大床上。怎么回事？茅爹怎么趴到天窗上去了？有一颗彗星坠下来了，茅爹脸上的表情被星光照亮了。他似乎很紧张。他在担心什么事吗？

"茅爹，茅爹！"我喊道。

"不要喊……"茅爹的声音来自遥远的星空。

他已经离开了吗？可他明明在天窗口上啊。

我从床上站起来，伸长了手臂，我想要茅爹握住我的手。但是茅爹转过脸去了。他在仰望星空。我看见豆爹进了卧房。

"钉子，你一定要控制自己的感情啊。"他语重心长地说。

我跳下床，焦急地问："茅爹怎么啦？茅爹怎么啦……"

当我再看向天窗时，就只看到茅爹的稀薄的影子了。外面刮大风，那影子在风中晃荡着。"茅爹，茅爹……"我边哭边小声喊。

"钉子，你睡吧，睡一觉就什么都好了。"他说完就离开了。

天窗自动关上了。风在外面呼啸。我睡下了，期望奇迹发生。

我在梦里追逐茅爹，但怎么也追不上。我听见豆爹在我耳边说："钉子，钉子，不要追，我送你回家。"

我记得四周都很黑，豆爹在我前方匆匆前行，我紧跟着他。

不知走了多久，我听到他在说：

"瞧，心想事成，钉子到家了。"

他将我往屋里一推，自己就离开了。

我坐在厨房里的小板凳上细细地想着关于茅爹的事。洪村没有刮风，村里很平静，一只早起的小公鸡在练嗓子。

我到家了,茅爹却离开了。他来我家是暂住,为什么我以前没想到这一点?

我觉得自己强壮起来了。是啊,我很久没发热病了,应该不会再发。我要洗个澡,换上干净的衣服。我今天要再去优村,我听说村民们都在等待我。想到这里我就站起来了,我在房里看过去,看见了院子里的两个竹篮。我高声吆喝道:

"磨剪子咧,抢菜刀!"